POÉSIES

INTIMES

Ma vie était dans mon cœur,
jamais dans mon esprit.
(Alphonse De Lamartine)

RENNES
TYPOGRAPHIE OBERTHUR & FILS

1872

POÉSIES INTIMES

M. Eugène GOUBERT

POÉSIES INTIMES

Ma vie était dans mon cœur,
jamais dans mon esprit.
(Alphonse DE LAMARTINE)

RENNES
TYPOGRAPHIE OBERTHUR & FILS
—
1872

TABLE

V

ÉDOUARD TURQUETY A EUGÈNE GOUBERT

Pourquoi les recéler dans l'ombre et le mystère
Ces chants, ces simples chants émanés de ton cœur?
L'oiseau quitte parfois la forêt solitaire,
Parfois sur la montagne on va cueillir la fleur.

Pourquoi nous les cacher? L'amitié les réclame
Ces vers à son regard dérobés trop longtemps;
Poëte, à notre appel entr'ouvre enfin ton âme,
Et dans nos froids hivers fais luire un doux printemps.

Que craindrais-tu? Ta muse à ton repos fidèle
N'a jamais jusqu'ici tenté la vaste mer;
Tu peux livrer aux flots ta modeste nacelle,
Tu n'as à redouter ni les vents ni l'éclair.

Le soleil est si beau! Pas le moindre nuage,
Pas la moindre vapeur entre l'onde et les cieux;
Vois la mer qui t'appelle et là sur le rivage
L'amitié qui te suit et du cœur et des yeux.

VI

Ose donc te lancer sur cette immense plaine
Où tu vas éveiller d'harmonieux échos;
Ose, et quand des zéphyrs tu sentiras l'haleine,
Quand les parfums du soir te suivront sur les flots,

Rappelle-toi celui dont la voix empressée
Rassurait au départ ton pas mal affermi,
Et reporte vers lui quelque douce pensée,
Comme durant l'absence en trouve un cœur ami.

Édouard TURQUETY.

Passy, 20 janvier 1857.

I

A MARIE ET A BERTHE

MES FILLES BIEN AIMÉES

De même qu'au peintre, au sculpteur
Chacun demande son image,
Pour la laisser, présent consolateur,
Dans sa famille d'âge en âge,
Ainsi je veux, enfants d'un amour envolé,
Vous laisser de mon cœur l'empreinte
Dans ces vers où je l'ai moulé.
Si du malheur vous y trouvez l'étreinte,
Pleurez, pleurez, c'est un baume bien doux
Que les pleurs de vos yeux, c'est un puissant dictame
Pour tous les maux qui brisèrent mon âme,
Mais qui se calment près de vous!

Si parfois cependant à travers tant de larmes
Une joie étincelle, éphémère bonheur,
C'est presqu'avec regret que s'égaye mon cœur :
Hélas! chers enfants, la douleur
Bien souvent a ses charmes!

Octobre 1851.

II

LA POÉSIE

A ÉDOUARD TURQUETY

.... La poésie austère
Qui passe loin du monde en effleurant la terre
Et marche en regardant les cieux.
Edouard TURQUETY.

C'est le penser d'amour d'une vierge naïve,
C'est ce vague inconnu, ce vague inspirateur,
Songe mystérieux, cher à l'âme plaintive
Du poëte triste et rêveur!
Evariste BOULAY-PATY.

Ami, de Jéhovah l'auguste enfant t'inspire,
La poésie austère aux accords de ta lyre
Joint sa majestueuse voix;
Il lui faut la tempête, et le roc solitaire
Qui hurle sous les coups de la vague en colère,
Comme la louve dans les bois;

Il lui faut la montagne immense et vaporeuse,
Ou des vastes forêts l'ombre silencieuse,
Comme à l'aigle un rocher désert :
Elle reste muette aux tempêtes civiles
Où viennent se broyer les couronnes fragiles
Dans ce nouveau siècle de fer!

Mais que du Golgotha le dieu que l'on révère
A ta muse demande un chant saint et sévère,
Elle obéit avec amour!
Notre atmosphère pèse à son aile divine,
Et quittant sans regret la terrestre sentine,
Elle atteint l'éternel séjour!

Poëte, que le ciel incessamment inspire,
Chante de Jéhovah l'impérissable empire,
Élève ton hymne au Seigneur!
Édouard, moi qu'un Dieu n'éclaire pas encore,
A ce monde terrestre où l'amour nous dévore
J'appartiens d'esprit et de cœur!

Ami! ma muse à moi, sylphide humble et modeste,
Ne demande que fleurs, parfums, bocage agreste,
Ou l'écho murmurant des bois;
Les glaciers éternels, la cascade ondoyante,
Le fleuve tortueux dont la vague écumante
Exhale une plaintive voix;

Ma muse à moi, c'est l'ombre au bord du lac tranquille,
C'est l'astre de la nuit, dont la lueur vacille
Comme les feux du diamant;
C'est mon esquif léger, c'est son brillant sillage,
Fantastique incendie allumé par l'orage
Sur le vaste et vieux océan;

Sur la voûte des cieux, c'est l'étoile qui file,
C'est l'éclair sillonnant le nuage mobile
Dans les hauteurs du firmament :
C'est le géant des monts à la cime inconnue,
Que l'adieu du soleil fait rougir dans la nue
Comme une vierge au cœur aimant ;

C'est le soir au vallon un doux chant solitaire,
Le feuillage bercé par la brise légère,
C'est l'astre au rayon plein d'amour ;
C'est la fleur printannière entr'ouvrant sa corolle,
Le papillon qui passe, et quand la feuille vole,
L'insecte qui bourdonne autour !

C'est le cher souvenir de la première enfance,
Souvenir de bonheur, d'amour et d'innocence,
Que les ans n'ont point effacé ;
C'est la cloche du soir annonçant la prière,
C'est la vierge à genoux au tombeau de son père,
Comme un marbre du temps passé ;

C'est à l'heure des nuits une ombre triste et chère,
Qui plane à mon chevet; ombre, hélas ! de ma mère,
Que Dieu reprit avant le temps !
O fantôme chéri ! veilles-tu sur ma fille ?
Reviens-tu contempler tout le bonheur qui brille
Au visage de tes enfants ?

Ma poésie à moi, ma sainte poésie,
C'est l'épouse qu'un jour, par lui-même choisie,
Dieu me donna dans sa bonté !
De mon premier enfant, c'est l'heureuse venue,
Son front candide et pur, et sa grâce ingénue,
Auréole de la beauté !

Si tu savais, ami, de quelle chaste ivresse
On a l'âme remplie, et de quelle tendresse
Le cœur s'émeut pour son enfant !
Comme on se réjouit, lorsque sa jeune bouche
Essaie, en bégayant, un doux mot qui vous touche
Et que l'âme seule comprend !

De quel plaisir, ami ! mon regard étincèle,
Lorsque entr'ouvrant sa bouche, au sourire fidèle,
La nacre brillante apparaît !
Ou quand de ses cheveux une mèche soyeuse
En boucle s'arrondit sous ma main amoureuse,
Boucle d'or qu'un ange envîrait !

Epouse, père, enfant, au foyer domestique,
Voilà mon monde à moi, mon monde poétique,
Tout rempli d'inspiration !
Que ma muse s'y fixe, à jamais noble et pure,
Vierge au tendre regard, enfant de la nature,
Voilà ma seule ambition !

III

PREMIERS VERS

A ELLE.

Questa bella d'amor nemica, e mia.
PETRARCA.

L'amour dans tes beaux yeux a fixé son empire,
De ta bouche jolie animé le sourire,
Et formé de ton sein le contour enchanteur;
L'amour, l'amour enfin partout en toi respire.....
Partout!... Hélas! que dis-je? il n'est pas dans ton cœur!

IV

LA TOMBE DE MA MÈRE

A tear! — Can tears suffice! — But not for me.
Ed. YOUNG.

Dans les champs consacrés où finissent nos maux,
Hier j'errais, cherchant au milieu des tombeaux,
La pierre qui couvrait les restes de ma mère
Morte depuis trente ans; mais, ô douleur amère,
Parmi les croix, les fleurs, sa place n'était plus!
J'allais fuir en pleurant ces tombeaux inconnus,
Quand, à l'aspect d'un marbre où serpentait le lierre,
Et que la main du temps à terre avait jeté,
Tout mon corps tressaillit; — soudain je m'arrêtai :
Ma mère, c'était toi, toi, chère bien aimée,
Mon cœur me le criait, Dieu dirigeait mes pas
Pour relever la tombe où ta cendre enfermée
Attendait ma prière, — et je ne venais pas!
Mais enfin me voilà! Dors, dors, ombre bien chère,
Dors en paix, car ton fils a pu d'un soin pieux
S'acquitter et marquer de larmes les saints lieux
Où ses enfants viendront un jour, son cœur l'espère,
Pleurer ensemble aussi la mère de leur père,
Offrant pour lui, pour elle une douce prière,
Pur encens qui toujours s'élève vers les cieux!

1855.

V

UN ANGE DE PLUS

How happy they who wake no more.
YOUNG.

Sur son beau front blanc et poli
Flottaient de blonds cheveux de soie;
Rien n'était plus frais, plus joli
Que sa petite bouche où brillait tant de joie!

Rempli de vie et d'avenir,
Aussi riant que l'espérance,
Enfant! quel bonheur, quel plaisir
Naissaient à ta douce présence!

Tout-à-coup, tournés vers le ciel,
Ses grands yeux noirs ne virent plus la terre;
Une étoile brillante attirait tout entière
Son regard plein d'amour pur, immatériel!

Dieu comprit le désir de cette âme si tendre
Qui pressentait les maux sur ses jours suspendus :
Sa main vers lui daigna descendre.....
Le ciel eut un ange de plus!

28 février 1835.

VI

TRISTESSE

O mes beaux jours de joie et de bonheur!
O saint amour, volupté douce et pure,
Flamme sacrée où notre âme s'épure!
Chastes et chers enivrements du cœur!
Comme l'éclair de la nuit qu'il sillonne
Vient augmenter l'affreuse obscurité,
Votre splendeur dans mon sein attristé
Redouble encor l'horreur qui m'environne!.....

27 décembre 1839.

VII

A FANNY

Fille du ciel, bel ange aux blonds cheveux,
Messie aimé, qu'attend comme un dictame
Mon pauvre cœur si souvent malheureux!
Viens, viens verser d'un seul mot dans mon âme
Tout le bonheur que promettent tes yeux.

Ah! pour ta mère une sainte tendresse
En moi déjà fait palpiter le sein;
Déjà je l'aime avec toute l'ivresse
D'un premier fils, et ton père est le mien!
J'ai tout perdu : rends-moi donc ma famille;
Que ce bonheur qui m'a trop longtemps fui
Un seul moment dans mon cœur charmé brille,
Et je promets que jamais n'auront lui
Pour toi, mon âme, affection plus pure,
Amour plus vrai, jours plus doux, plus heureux;
Si tu le veux, toujours mon malheur dure;
Si tu le veux, pour moi s'ouvrent les cieux!

Fille du ciel, bel ange aux blonds cheveux,
Messie aimé, qu'attend comme un dictame
Mon pauvre cœur, si souvent malheureux!
Viens, viens verser d'un seul mot dans mon âme
Tout le bonheur que promettent tes yeux!

Aux Rochers, 23 mai 1842.

VIII

DEUIL

—

Le mie notti fa triste, e giorni oscuri
Quella che n'ha portato i pensier miei
PETRARCA.

Je ne demandais pas au monde ses plaisirs,
Aux richesses leur faste, à l'orgueil un vain titre;
Non! aimer, être aimé comblait tous mes désirs;
Et Fanny de mon être était l'unique arbitre!
La chérir, l'adorer, lui consacrer mes jours,
N'avoir qu'un seul penser, son bonheur sur la terre,
Réunir en faisceau les plus saintes amours
Pour les mettre à ses pieds : amour de fils, de père,
Amour d'amant, d'époux que savait bien mon cœur
Toujours rendre nouveau; mine riche et féconde
Où ma femme, où Fanny, mon ange de ce monde,
A larges mains puisait sa joie et son bonheur :
Telle était mon étude, osant croire en ma fièvre,
(Insensé que j'étais!) à l'oubli du malheur
Qui, deux fois, écrasa sur mon ardente lèvre
La coupe encore pleine où s'enivrait mon cœur!

Mais la fatalité ne lâche pas sa proie !
Mon âme commençait à peine à se rouvrir
Au doux charme d'aimer, aux élans de la joie,
Pauvre âme à moitié morte à force de souffrir,
Lorsque tout ce bonheur s'est enfui comme une ombre;
Mon beau ciel s'est voilé ! La nuit, oh ! la nuit sombre
A remplacé l'éclat du jour qui se levait,
Et le deuil s'est rassis en pleurs à mon chevet !

Novembre 1844.

IX

28 AVRIL 1842 — 29 OCTOBRE 1844

Nessum maggior dolore
Che ricordarsi del tempo felice
Nella miseria!

DANTE.

Le temple était paré, cent vierges à l'autel,
Pour la première fois, du Dieu saint, immortel,
Allaient nourrir leur âme innocente et sans tache,
Pures du monde vain qui tant de cœurs attache.
Les yeux baignés de pleurs, je cherchais mon enfant,
Ma fille bien aimée, au grand banquet marchant,
Quand, tout-à-coup, parmi la foule des fidèles,
Mon regard distingua, charmante entre les belles,
Une jeune étrangère, aux fins et blonds cheveux,
Au front élevé, noble, aux yeux chastes et bleus;
Sa bouche murmurait quelque douce prière,
Son cœur, comme le mien, à ce divin mystère
Semblait participer, et sa moindre action
Trahissait tout son trouble et son émotion.

A ce sublime instant, je jurai dans mon âme
De la nommer un jour ma compagne, ma femme;
Je le tins ce serment, ô mon amour chéri!
Je le tins, mais hélas! Dieu qui m'avait souri,
Un moment oublieux de l'horrible anathème
Qu'en sa colère il a jeté sur ceux que j'aime,
Ne put voir mon bonheur sans en être jaloux.
Il fit un signe : alors, comprenant son courroux,
Ange auguste et soumis, tu déployas tes ailes,
Et, sans efforts, volas aux sources éternelles
Du seul, du vrai bonheur, mais en pleurant sur moi,
Sur moi qui dois rester en ce monde sans toi!

X

SA TOMBE

Lei che 'l ciel ne mostrò, terra nasconde.
PETRARCA.

On dit qu'aux bords fleuris du Gange
Lorsque meurt un petit enfant,
Sa mère dépose en pleurant
Sur une branche le pauvre ange,
Du ciel croyant le rapprocher;
Ainsi j'ai voulu, bien aimée,
Au milieu des roses cacher
La tombe sur toi refermée,
Et quand un rayon de soleil
Quelque tendre fleur fait éclore,
Je crois, dans le bouton vermeil,
Voir ta bouche qui se colore
Aux douces paroles s'ouvrir,
Ou bien à mes baisers s'offrir!

1844.

XI

MES FANTOMES

A M. AARON VAIL

Then the form of the departed
Enter at the open door.
LONGFELLOW.

A l'heure où tout sommeille, et quand d'un voile sombre
La nuit couvre le monde au silence livré,
De fantômes chéris je vois briller dans l'ombre
Les yeux tristes et doux qui m'avaient enivré!

L'un porte à son beau front la couronne étoilée
Des élus du Seigneur, et son regard pieux,
Rempli d'un saint amour, se tourne vers les cieux
Comme une âme à regret sur la terre exilée.
Douloureux souvenir, dans mon sein désolé
Tu n'es plus que l'écho d'un bonheur envolé!

Jeune âme que la mort ravit un jour de fête,
Cette autre a ses atours; des fleurs ornent sa tête,
Son beau col est paré de diamants et d'or,
Pour le bal enivrant il semble qu'elle est prête :
Hélas! la pauvre enfant au monde pense encor!

Mais près de moi quelle est cette ombre si chagrine?
Sa main cherche ma main, ses yeux cherchent mes yeux;
Mère de mes enfants, ah! mon cœur te devine;
Pour la terre où l'on aime et souffre, mais à deux,
Ange, sans murmurer, tu quitterais les cieux!

Quels sont ces beaux enfants à la bouche vermeille?
De leurs bras enlacés je ne puis m'échapper.....
« Comment, au nom bien doux qui frappe ton oreille,
« Pauvre père affligé, peux-tu donc te tromper! »

Je te revois aussi, mère tendre et chérie,
Je te revois, toujours pleurant de n'avoir pu
Verser sur les douleurs qui brisèrent ma vie
Le doux baume du cœur à ton fils si bien dû!

Entourez-moi, restez, ô fantômes que j'aime,
Restez, restez..... hélas! premier rayon du jour,
Tu dissipes mon rêve, erreur où mon amour
Savait si bien trouver la félicité même!

1862.

XII

VISION *

Πένθος.

A MONSIEUR DE MATTY DE LATOUR

Je songe bien souvent qu'une femme chérie
D'un indicible amour avait rempli mon cœur,
Et que, dans le repos de la plus douce vie,
A bercer un enfant je mettais mon bonheur.

Je me réveille ! — Loin, bien loin de moi ce rêve,
Il dura trop long-temps ! Mais sans cesse il revient,
Et la nuit et le jour, sans me donner de trève,
Comme mon ombre même à mes côtés se tient.

Sa fin, sa triste fin assiége ma pensée.
La mère fut portée au lugubre tombeau,
Sa demeure dernière, éternelle et glacée,
Et l'enfant pour toujours s'endormit au berceau !

* Imitation de l'allemand de Pfizer.

La vision s'enfuit, laissant de son passage
Deux boucles de cheveux,—que ces cheveux sont beaux!—
A leur aspect les pleurs inondent mon visage...
De mes bonheurs perdus ce sont les seuls lambeaux!

Les blonds et fins cheveux sont de la pauvre mère,
Les noirs du cher enfant que me ravit le sort;
Je sens à voir les noirs une douleur amère;
Mais à l'aspect des blonds, je voudrais être mort!

1862.

XIII

SONNET DE PÉTRARQUE

Che fai? che pensi? che pur dietro guardi... .

Que penses-tu? Pourquoi regarder en arrière?
Pauvre âme, l'heureux temps, aujourd'hui ta douleur,
Ne peut plus revenir. Dans ton mal te complaire
C'est attiser le feu qui consume ton cœur.

Hélas! le doux regard plein de tendre mystère,
Le suave parler, ta joie et ton bonheur
Que tu peignis si bien, ont quitté cette terre;
Les rechercher serait inutile labeur.

Ne renouvelle pas la source de tes larmes,
Bannis vague penser de regrets et d'alarmes;
Voilà ce noble but qui ne trompe jamais!

Cherchons, cherchons le ciel, ici tout n'est que peine!
Mal te prit d'avoir vu cette beauté si vaine
Puisque vivante ou morte elle détruit ta paix!

XIV

LUCCIOLA

Quand par un matin de printemps,
Le soleil à l'horizon brille,
Oiseaux et fleurs sont éclatants
Et l'onde en murmurant scintille ;

Mais l'insecte aux ailes de feu
Éteint son flambeau solitaire :
Étoile terrestre de Dieu,
C'est toujours la nuit qu'il éclaire.

Ainsi puis-je espérer qu'un jour,
Lorsque cette fleur de la vie,
Ce délice du cœur, l'amour
Qu'à la jeunesse l'on envie,

Comme un songe s'envolera,
Repliant loin de moi son aile,
Quelque douce joie éclora
Dans mon âme aux pleurs trop fidèle,

Pour éclairer aussi ma nuit,
Triste nuit qu'on nomme vieillesse,
De même que l'insecte luit
A nos yeux dès que le jour baisse.

XV

REMEMBER

A MARIE

I

Ce n'est pas sans dessein qu'à ton doigt j'ai placé
Cet anneau dont l'émail a reçu pour devise :
« Remember », souviens-toi ! — Que ce mot te redise
Tout ce que ma tendresse, enfant, n'a pas cessé
D'imprimer en ton cœur, science du passé
Qui, sans douleurs, hélas ! n'est pas toujours acquise !

II

Souviens-toi, — si tu veux inspirer le respect, —
Que tu dois, avant tout, te respecter toi-même.
Fais que chacun s'incline à ton aspect
Comme devant la vertu que l'on aime.
Sois chaste en tes pensers et pure dans ton cœur.
Plains et fuis le méchant ; donne ta main ouverte
A celui dont la voie est celle de l'honneur,
Noble voie à tes pas offerte.

III

Pour le triste plaisir de placer un bon mot,
Ne laisse pas ta langue aiguiser la satire,
C'est l'esprit facile du sot,
Et le bien seul lui coûte à dire.

IV

Que le malheur jamais en vain
Vers toi n'étende une tremblante main,
Ou fasse tomber de sa bouche
La plainte sans qu'elle te touche !

V

Si quelque jour, oubliant mes avis,
Le mal sur ta pensée exerçait son empire,
Regarde cet anneau, son pouvoir est sans prix,
Car, ces avis, il doit te les redire ;
Écoute-les, et surtout obéis !

VI

Enfant, souviens-toi de ton père ;
Sa tendresse sur toi veilla dès ton berceau,
Et son cœur te donna tout l'amour d'une mère.
Tu diras, en priant un jour sur son tombeau :
« Cet amour lui survit ; il veille encore là-haut ! »

1862.

XVI

MARIE

A MONSIEUR BRIZEUX

> Je vis de souvenirs, de souvenirs anciens,
> Hélas! mais tous les jours et partout j'y reviens.
> BRIZEUX.

Elle n'avait pas seize fois
Vu renaître le vert feuillage,
Quand j'entendis sa douce voix,
Quand je vis son charmant visage.
Un sourire plein de candeur
Entr'ouvrait sa bouche jolie,
Son regard était enchanteur :
Que je t'aimais, pauvre Marie!

Dans son cœur pur et sans détour
Il me fut facile de lire;
Elle partageait mon amour,
Mais sa bouche n'osait le dire.

Si ma main tremblait dans sa main,
Alors sa paupière attendrie
Devant moi se baissait soudain.....
Que je t'aimais, pauvre Marie !

Hélas ! il fut court mon bonheur
Comme sa triste destinée ;
Tu n'es plus, jeune et tendre fleur,
Bien avant le temps moissonnée !
En vain ma gémissante voix
Invoque ton ombre chérie ;
L'écho seul répond chaque fois :
Que je t'aimais, pauvre Marie !

1830.

XVII

DERNIER BONHEUR

A BERTHE

Vois-tu cette maison blanche
  Sur le bord du ruisseau,
Comme une pâle pervenche
Dont le front pur et doux penche,
  Se mirer dans l'eau?

C'est là qu'un jour de ma vie
  Je trouvai le bonheur,
Cher à mon âme ravie,
Et que le ciel, par envie,
  Brisa dans mon cœur.

De mes amours envolées,
  Douloureux souvenir!
Hélas! elles sont allées
Où tant d'âmes exilées
    Vont se réunir!

1861.

XVIII

RÉSIGNATION *

En dépit du berger, jamais à son troupeau
Brebis ne fut-elle manquante?
Est-il un seul foyer près duquel un berceau
N'ait, hélas! sa place vacante?

L'air est partout rempli des plaintes du mourant,
D'adieux à chaque âme envolée;
Rachel, au cœur brisé, ses fils toujours pleurant,
Ne veut pas être consolée!

Soyons donc patients! Nos profondes douleurs
Ne nous viennent pas de la terre :
Elles sont bien souvent de célestes bonheurs
Cachés sous un triste mystère.

Nous voyons mal parfois à travers les brouillards
Au monde jetés comme un voile;
Le flambeau, qui paraît funèbre à nos regards,
Des cieux est une pure étoile!

Non! nous ne mourons pas! L'âme va sans effort
Où nous attend une autre vie;
C'est la porte du ciel, que nous nommons la mort,
Et c'est Dieu qui nous y convie!

* Imité de Longfellow.

XIX

MES MORTS *

Comme ils reposent doucement
Mes morts, source de tant de peine,
Dans cet asile, — triste aimant, —
Où mon âme vole et s'enchaîne!

Comme ils reposent doucement
Dans la tombe silencieuse,
Où désormais sans nul tourment
Gît leur poussière insoucieuse!

Ils n'ont plus de pleurs à verser.....
Ici s'éternise la plainte!
Leurs souffrances ont pu cesser.....
Ici toute joie est éteinte!

A l'ombre de ces noirs cyprès,
Ils dorment d'une paix étrange
Jusqu'au jour du réveil par l'ange,
Messager des divins décrets!

* Imité de Klopstock.

XX

LA VIE *

Qu'est-ce donc que la vie? — Un sablier qui coule,
Un brouillard que boit le matin,
Un songe séduisant qui pour un rien s'écroule?
Sa durée? — un moment bien vain.

Le bonheur? — une bulle éclatant sur la source;
L'espérance? — un souffle souvent
Qui défeuille la fleur et se meurt dans sa course;
Un tissu d'araignée au vent.

Qu'est-ce aussi que la mort et sa cause introuvée? —
Quel est ce sort mystérieux?
Un doux sommeil peut-être, où notre âme éprouvée
Ouvre son aile pour les cieux!

Et la paix? En quel lieu la trouver sur la terre? —
Nulle part!..... Elle n'est qu'au ciel
Et dans la tombe, hélas! la demeure dernière
Où le repos est éternel!

* Imité de l'anglais.

Donc, qu'est-ce que la vie? Est-elle désirable
    Quand on voit la réalité?
Lorsque tout à nos yeux d'un monde misérable
    Nous démontre la vanité!

C'est l'épreuve à subir par un divin mystère,
    Afin que tous nous sachions mieux
Qu'il n'est pas de bonheur refusé sur la terre
    Que l'on ne trouve dans les cieux!

Juillet 1871.

XXI

PALINGÉNÉSIE *

A MONSIEUR ÉMILE DESCHAMPS

Je reposais sur la puissante cime
D'une falaise, et j'écoutais la mer
Dont les sanglots, répétés dans l'abîme
Creusé sous moi, portaient un trouble amer
Dans tous mes sens par leur horreur sublime.
Je contemplais les flots bleus et mouvants
De cette mer aux charmes décevants,
Et les flocons d'éblouissante écume
Portés au loin se dissipant en brume,
Quand tout-à-coup, comme un homme au réveil,
Je tressaillis, car les caps me parurent,
A la splendeur d'un éclatant soleil,
Peuplés de ceux que dans les jours qui furent
J'avais aimés, mais tels que le sommeil
Les fait briller à nos regards en songe
Dans la beauté du plus flatteur mensonge.

* Traduit de l'anglais, de M. Longfellow.

Un seul instant et tout s'évanouit,
Et la lumière et l'enchanteur mirage
Dont le prestige encore m'éblouit.
La solitude était sur le rivage;
La pauvre rose au froid souffle du vent
Tremblait, laissant s'effeuiller ses pétales
Dont la couleur si fraîche auparavant
Ne montrait plus que des pâleurs fatales,
Des fleurs, hélas! triste destin souvent!
Une croyance antique et populaire
Prétend qu'ici rien ne serait détruit,
Que l'objet mis par le temps en poussière
Garde toujours son essence première
Et peut, par l'art, être un jour reproduit.
La rose ainsi renaîtrait de sa cendre,
Mais sans parfum, sans son éclat charmant.
Ah! qui pourrait, ne fût-ce qu'un moment,
Régénérer la fleur belle et si tendre
De la jeunesse, à notre âme la rendre?
Oh! donnez-nous les anciennes splendeurs,
Le gai matin à l'haleine embaumée,
L'active lutte où se plaisaient nos cœurs,
Quand notre vie allait, fière et charmée,
Dans son chemin, bien rude, en bondissant,
Pour s'engloutir où finit toute chose,
Et de la joie et de nos pleurs la cause,
Gouffre inconnu, mais toujours menaçant.

Et la mer dit d'une voix lamentable
Comme un prophète · « Elle est bien morte, hélas!
Cette jeunesse en ton cœur misérable;
Elle n'a plus ni lutte, ni combats,
Et, pour toujours dans l'ombre, ses reliques
Dorment en paix avec les morts antiques. »

Je ne veux pas, dis-je alors, soulever
De son linceul la poussière sacrée,
Uniquement pour encore éprouver
Le mal passé; mais, pauvre âme ulcérée,
Je poursuivrai mon chemin de douleur,
Droit devant moi, sans murmure et sans larmes,
En ne pensant qu'aux bonheurs pleins de charmes
Pour moi perdus que regrette mon cœur.
Dans quel pays dont la féconde terre
De ses moissons étale le trésor;
Vers quel bois sombre et rempli de mystère;
Sous quel beau ciel au riche horizon d'or?
Ou bien, le soir, quand la voûte céleste
De feux s'allume, entre ce monde à nous
Et l'autre monde invisible pour tous;
Vers quel ami dont le cœur au mien reste,
A quel foyer pourrai-je aller m'asseoir?
Quels lieux déserts verront mon désespoir?
Quelle souffrance ou quelle croix inique
Dois-je subir? Je ne sais, et jamais

Pour le savoir je n'interrogerais
Du livre saint la page prophétique
Où se conserve ainsi qu'en un écrin,
Des jours futurs l'événement certain.
Je tournerai, sans vaine conjecture,
Chaque feuillet d'une main ferme et sûre
Jusqu'au moment où je lirai : « La fin! »

XXII

UN PSAUME DE LA VIE *

A MONSIEUR NICOLAS, PROFESSEUR A LA FACULTÉ DES LETTRES DE RENNES

Ne me dis pas, grand, mais triste psalmiste,
Que la vie est un songe, un songe vide et creux;
L'âme qui dort, penses-tu qu'elle existe?
Les choses d'ici-bas trompent souvent les yeux!

La vie est grave, hélas! et bien réelle!
Et la tombe n'est point le seul but où tu vas;
Est-ce à notre âme, éthérée, immortelle,
Qu'on dit : « poussière fus, poussière tu seras? »

Ah! le plaisir et la cruelle peine
Ne sont pas notre voie et notre unique fin!
Notre devoir, que chaque jour ramène,
Est de nous trouver tous plus loin chaque demain!

L'art est bien long : le temps vole, au contraire,
Et nos cœurs, quoique forts, se brisent en lambeaux;
Ils vont battant la marche funéraire,
Comme un tambour voilé, vers le champ des tombeaux!

* Traduit de Longfellow.

A la bataille, au bivac de la vie,
N'allons pas ressembler à ces troupeaux muets
Que le berger mène à sa fantaisie :
Mais soyons des héros au combat toujours prêts!

Sur l'avenir mets peu ton espérance;
Laisse le passé mort tous ses morts enterrer!
Agis, et donne au présent confiance :
La constance au cœur; Dieu là-haut pour t'inspirer!

L'enseignement de toute illustre vie
Montre que nous pouvons aussi devenir grands,
Si nous laissons — effort digne d'envie —
Notre empreinte après nous sur les sables du temps!

Et cette empreinte à quelque pauvre frère,
Un frère naufragé de l'orageuse mer,
Rendra courage, et fera moins austère
Le devoir qui se montre à ses yeux tant amer!

Que notre cœur à toute destinée
Soit préparé; livrons, livrons-nous au labeur,
Et, quel que soit le fruit de la journée,
Apprenons à savoir attendre un sort meilleur!

XXII

UN GRAND DÉFAUT

A NANCY

Chacun en vain de ta figure
Vante l'éclat et la fraîcheur,
Et célèbre de ta tournure
La grâce et l'attrait enchanteur ;
Un seul défaut me rend rebelle
A tant de charmes si piquants ;
Et ce défaut, ma toute belle,
C'est... c'est de n'avoir que vingt ans !

Ne me dis pas, ô charmeresse,
Que de ce désolant défaut
Le temps va corrigeant sans cesse ;
Non, pour toi seul il fait dèfaut,
A tes pieds son pouvoir expire :
Avec ton esprit, tes talents,
Et ces dons du cœur qu'on admire
Tu n'auras toujours que vingt ans !

Pourtant je trouve un avantage
Dans un défaut aussi fâcheux ;
Oui, quand sur ton riant visage
Un moment s'arrêtent mes yeux,
Quand de ta voix pure et sonore
Se font entendre les accents,
Comme toi, je suis jeune encore,
Comme toi, je n'ai que vingt ans !..

XXIV

SOUVENIR

A MONSIEUR HIPPOLYTE BRUN

Doux souvenir dont mon cœur est rempli,
Premier amour, songe heureux où la vie
Semble si belle, erreurs tendres, folie,
Du monde entier délicieux oubli!
Prisme enchanteur, charme de notre enfance,
Illusions qu'on voudrait retenir
Au fond de l'âme avec son innocence;
Hélas! pourquoi si vite vous enfuir,
Emportant tout — tout, jusqu'à l'espérance!
C'était le soir, un beau soir de printemps,
Ciel étoilé, brise molle, embaumée,
Heure charmante où sans être alarmée
La vierge s'ouvre aux doux épanchements.
Je lui disais les secrets de mon âme,
Mon bras au sien fortement enlacé,
Un cher espoir dans mon âme tracé,
Et le bonheur qu'un chaste amour réclame;
Puis, je ne sais dans quel penser jaloux,
Je m'écriai : — C'est lui que ton cœur aime!
Lui? me dit-elle. — Oui, de tendresse extrême;
Mais son accent disait : ingrat, c'est vous!

XXV

A AMÉLIE

A l'âge heureux de naïve croyance,
L'on me dit qu'à mes pas lié
Un ange, du ciel envoyé,
Veillait sur moi dès ma naissance;
Simple enfant qu'un tendre baiser,
Une fleur, un ruban de soie
Comblaient de bonheur et de joie,
Je laissai mon cœur s'abuser;
J'aimais cet ange du mystère,
Et l'invoquais dans ma prière!

Quand l'aiguillon de la douleur
Brisa mon âme aux pleurs inasservie,
Lorsque mon front pâlit aux peines de la vie,
Dans ce gardien si doux je ne vis qu'une erreur,
Car je souffrais, et contre le malheur
Son égide était sans magie!

Mais de mes jeunes ans j'ai retrouvé la foi;
Oui, je crois encore à mon ange!
Il est là, là tout près de moi,
C'est lui qui sur mes jours jette ce charme étrange,
Ce charme pur, ce bonheur sans mélange.....
Cet ange, chère âme, c'est toi!

1831.

XXVI

L'INTIMITÉ

A MADAME LOUISE BRUN

Intimité, doux charme de la vie,
Famille par le cœur choisie,
Heureux qui te possède, et dans ton cercle étroit
Enfermant ses désirs, t'abrite sous son toit!
C'est là que vont mourir tous les vains bruits du monde,
Les caquets des oisifs et la satyre immonde.

Qu'importe alors qu'on aime, alors qu'on est aimé
Et que l'heure charmante et trop brève s'envole,
Le sourire moqueur de ce monde frivole
Et la méchante envie au trait envenimé?
C'est là que notre âme s'épanche,
Laisse briller sa joie ou ses larmes couler;
Là que toujours vers nous se penche
Un cœur prêt à nous consoler.
De ce bienfait que chaque jour ramène,
Bénissons la faveur!
Par lui s'adoucit toute peine,
Par lui se double le bonheur.

Intimité, doux charme de la vie,
Famille par le cœur choisie,
Heureux qui te possède, et dans ton cercle étroit
Bornant tous ses désirs, t'abrite sous son toit!

Mars 1855.

XXVII

A FANNY

Aux bords riants du Meu, je passais solitaire;
Là, mes pensers pleins d'un doux souvenir
A mes yeux évoquaient une image bien chère,
Et mon cœur abusé bondissait de plaisir!
Ainsi cette erreur mensongère
Charmait mon amour attristé;
Mais hélas! ô Fanny, que peut une chimère
Auprès de la réalité!

Septembre 1842.

XXVIII

MA MÈRE

Parmi les souvenirs dont mon cœur est rempli,
Le meilleur, le plus cher, c'est celui de ma mère.
Ce n'est pas seulement son esprit accompli
D'où ne tomba jamais une parole amère,
Qui, comme un doux aimant, attirait tous les cœurs,
Non! bien qu'il fut exquis, à cet esprit encore
On préférait son âme où régnaient en vainqueurs
Les charmes si puissants des vertus qu'on honore;
Et tant de qualités! — constance à l'amitié,
Sensibilité vraie, une franchise extrême,
Aux pauvres souffreteux sympathie et pitié,
Bonté toujours parfaite et respect d'elle-même!

XXIX

A BERTHE

A peine si sept fois ont refleuri les roses
Depuis que dans ce monde a palpité ton cœur,
Et déjà, pauvre enfant, tu connais la douleur.
Tu te plains, tu gémis, et de tes pleurs arroses
La couche où t'a clouée un mal qui me fait peur.
Ta chair a tressailli malgré la main habile
Qui veillait et soignait ton corps frêle et débile.
Hélas! fille chérie, il est bien d'autres maux
Dans ce monde où tu viens, des maux cruels où l'âme
S'anéantit, se brise! aucun secret dictame
Qui puisse lui donner ni calme, ni repos!
Puisse Dieu repousser de ta lèvre un calice
Que ton malheureux père épuisa tant de fois!
Que ton ange gardien éloigne cette croix,
Qu'il te préserve, enfant, de mon affreux supplice!

1851.

XXX

ÉTOILE DU SOIR

Con tu fulgor me echizas.

Sur mes jours attristés une brillante étoile
Comme un regard ami jette son doux rayon;
Combien de fois du ciel mon œil perçant le voile
A salué, joyeux, la sainte vision!

Astre charmant, vers toi tout mon être s'élance;
Que ne puis-je brisant le terrestre lien,
Voler jusqu'à la sphère où tes pas en silence
Suivent, par Dieu conduits, leur orbe aérien!

Lorsque ton pur éclat sur mon front étincelle,
Mon cœur s'émeut : je crois dans ta lumière d'or
Revoir briller l'éclair des yeux charmants de celle
Qu'ici-bas j'aimais tant et que je pleure encor!

XXXI

A MA NIÈCE MARIA DE CAMAS

Enfant, tu veux que de mes vers l'encens
Pour toi brûlé te fasse une auréole;
A ton désir volontiers je consens :
Le piédestal est prêt, sois mon idole!

Mais ne vas pas te laisser enivrer,
Car cet encens n'est que vaine fumée,
Si ta beauté seule doit l'attirer.
Pour que sans cesse il brûle, mon aimée,
Il faut te voir toujours le mériter
Par tes vertus — cette grâce suprême —
Par ces talents que tu sais récolter,
Gages certains de bonheur pour toi-même.

D'autres diront le charme de tes yeux,
Ton élégance et ta souple tournure,
Ton doux sourire et l'or de tes cheveux :
Moi, ton ami, — ce titre te rassure —
Je te dirai : pour plaire, crois-le bien,
Sois bonne et vraie, et le reste n'est rien!

XXXII

A MARIE

PENDANT SON SOMMEIL.

Amor condusse noi ad una morte.
DANTE.

Que ton sommeil est calme, ange, présent du ciel!
Un suave sourire à ta bouche naïve
Donne ce charme pur où l'âme se captive,
Charme éloquent du cœur, et doux comme le miel
Qu'au calice des fleurs puise l'abeille active!
Ton joli bras, en arc sur ta tête jeté,
D'un jeune chérubin me semble l'auréole,
Augure précieux qui, d'avance, console
De tout ce que la vie a d'aspect attristé.
Poursuis, enfant, poursuis ton délicieux rêve :
Dans ce monde où tu viens que ce rêve s'achève!
Que ton âme y rencontre un jour l'âme, sa sœur,
A ses jours destinée! et qu'un Dieu protecteur,
Te prenant en pitié, tous les deux vous rappelle,
Ensemble, dans son sein, comme un couple fidèle
De joyeux passereaux s'envole, au même instant,
Vers le doux nid de mousse où le bonheur l'attend.

XXXIII

UN SONGE DANS UN SONGE

Reçois ce baiser sur le front!
Et permets que je te l'avoue.....
Au moment d'un départ si prompt
Où notre lien se dénoue.....
Tu dis vrai! — mes jours, mon bonheur
N'ont été qu'un mirage, un rêve!
Oui! mon espoir était trompeur;
Il s'est enfui sans qu'il s'achève.....
Vision d'un jour? — d'une nuit? —
Qu'importe! où donc m'a-t-il conduit?
Ce qu'on voit, ce qu'on croit; mensonge!
Ce n'est qu'un songe dans un songe!

Je suis sur les bords désolés
D'un océan triste et sauvage,
Pressant dans mes doigts rassemblés
Un peu de sable du rivage;
Comme il s'échappe de ma main
Pendant que mes larmes s'écoulent!

Dieu ! n'en puis-je sauver un grain
De ces flots sans pitié qui roulent
Sur l'abîme sombre et maudit
Où reste à jamais ce qu'il prit !
Tout ne serait-il que mensonge ?
N'est-ce qu'un songe dans un songe ?

(Imité d'Edgar Allan Poe.)

XXXIV

A MADAME LA MARQUISE DE BARTHÉLÉMY

Comme au soleil couchant, l'horizon garde encore
Son magnifique éclat quand l'astre a disparu;
Comme un ancien parfum s'exhale de l'amphore
Qui le contint jadis, ainsi j'ai toujours cru
Revoir votre regard et votre doux sourire,
Entendre cette voix qui charme et nous attire,
Même quand près de nous il ne restait, hélas!
Que votre souvenir! — Ici, votre présence
A laissé son empreinte où sont allés vos pas,
Et vous serez partout en dépit de l'absence!

Aux Rochers, 28 juillet 1867.

XXXV

SUR UN PORTRAIT POSTHUME

DE MADEMOISELLE HENRIETTE DE BARTHÉLÉMY

Quelle est donc cette image où la grâce s'unit
Au charme souverain de la beauté qu'on aime?
Dans ce joli sourire on comprend son esprit;
Il semble que sa bouche ait dit — à l'instant même —
Ces mots si doux qui vont à l'âme et font rêver
Au bonheur qu'on envie; où toujours se révèle
La bonté qui séduit, mots qu'on voudrait trouver
Et qu'un cœur chaste et pur, comme un écrin recèle.
Dans ce regard qui fuit notre monde enivrant
On croit revoir Mignon vers le ciel aspirant!

Au château de Douaville, le 16 novembre 1866.

XXXVI

A BERTHE

Béni soit Dieu cent fois qui voulut à mon âme,
Enfant aimé, donner, comme un puissant dictame
Recueilli dans le fond pur et vrai de ton cœur,
Ton chaste et saint amour, source de mon bonheur.
Hélas! sans cet amour, triste serait ma vie .
Elle me ferait plaindre au lieu de faire envie!

XXXVII

DÉSIR

—

O retraite chérie! asile solitaire
Que ne troublent jamais les vains bruits de la terre;
Rochers, bosquet ombreux, par moi-même planté!
Flots murmurants, oiseaux, doux chantres de l'été,
Quand donc vous reverrai-je? Oh! quand loin de la ville
Irai-je retrouver votre abri si tranquille
Où règne le silence avec la liberté!

———

XXXVIII

RETOUR AUX CHAMPS

Las des splendeurs de notre Babylone,
Je me retrouve avec un grand bonheur
Dans ma retraite où, si rien ne m'étonne,
Je puis jouir sans peine, sans labeur
De ces beautés pour moi toujours nouvelles :
Ombrage et fleurs, les oiseaux et leurs chants,
L'onde et le ciel, merveilles éternelles,
Pour mon esprit, pour mes yeux les plus belles,
Et pour mon cœur charmes les plus touchants.

L'ennui jamais n'atteint ma solitude;
Le souvenir des jours qui ne sont plus,
D'auteurs aimés les livres souvent lus,
Parfois des vers, une lettre, l'étude,

Et puis, le soir, au coucher du soleil,
Quand du zéphyr la molle et pure haleine
Parfume l'air, et que le ciel vermeil
A l'horizon brille, éclairant la scène,
Aux bords du fleuve, avec ma fille au bras,
Je vais, laissant déborder nos pensées,
Moi, rappelant bien des choses passées,
Et joie et pleurs, mélange d'ici-bas,
Elle, souvent, me demandant tout bas : —
« La vie, hélas! vaut-elle qu'on y tienne? » —
Car, tout émue, elle pense à la mienne!

XXXIX

MAI NE DURE PAS TOUJOURS *

No hay pajaros en los nidos de antano
(*Proverbe espagnol.*)

Le soleil est brillant, l'air est pur et limpide,
L'hirondelle vole à son nid,
Le chant des passereaux, hymne d'amour timide,
Aux concerts du printemps s'unit.

Le fleuve voit briller sa surface azurée
Qui paraît un ruisseau des cieux,
Où vient se contempler la vapeur éthérée,
Nuage pur et gracieux.

Tout est nouveau, la fleur, le gazon, le feuillage,
Et même encor les charmants nids...
De ceux de l'an passé si remplis de ramage,
Tous les hôtes se sont bannis.

* Imité de H. Longfellow.

Déjà tout resplendit d'amour et de jeunesse,
Des premiers bonheurs l'on jouit,
Et le ciel nous apprend dans sa grande sagesse
Les molles douceurs de la nuit.

Jeune vierge, qui lis ces bien modestes rimes,
Profite de tes heureux jours,
Goûte de ton printemps les plaisirs légitimes,
Car Mai ne dure pas toujours.

Profite du printemps d'amour et de jeunesse
Que ton bon ange t'a laissé;
Le temps te montrera que les oiseaux sans cesse
Quittent les nids de l'an passé!

Aux Rochers, 1871.

XL

MA RETRAITE

Le bon Horace avait borné ses vœux
A posséder un bien à la campagne,
Avec jardin, logis qui l'accompagne,
Ruisseau d'eau vive au cours capricieux,
Un petit bois dont l'ombre solitaire
Offre un asile à l'amour, au mystère.
Le ciel voulut me donner tout ce bien,
Et sa bonté pour moi n'oublia rien.

Sur un rocher, aride encor naguère,
J'ai fait bâtir la modeste maison
Qui voit couler à ses pieds la rivière
Chère à mes fleurs dans l'ardente saison.
Un bois de pins de tout côté l'embrasse,
Où les oiseaux viennent se rechercher.
Leur tendre idylle en douce paix se passe ;
Ils n'ont jamais rien à craindre ou cacher.

Ces lieux bénis sont pleins de poésie :
Elle est dans l'air et ses mille senteurs ;
Dans tous les bruits, indicible harmonie,
Du vent, des pins, des insectes chanteurs ;

Dans ces rochers à la cime moussue,
Que les genêts couvrent de leurs fleurs d'or,
Où la bruyère à leurs pieds descendue,
De ses bouquets prodigue le trésor.
Elle est encor même dans le silence
D'un soir d'été, cher à l'esprit rêveur,
Ami du calme et de l'indépendance,
Qui fuit le monde et cause avec son cœur...

C'est là qu'un jour, au sortir de l'église,
Quand presqu'à peine au ciel apparaissait
L'aube naissante, encore pâle et grise,
Ma jeune épouse à mon bras se pressait.
Le rossignol sur la blanche aubépine,
De ses amours égrenait la chanson,
Et dans sa fleur, abeille et papillon
Buvaient le miel de la blonde étamine.
Ce doux printemps, à mon âme si cher,
D'un long bonheur me montrait l'espérance,
Et du présent j'étais heureux et fier...
Comment prévoir — aveugle confiance —
Qu'une terrible et nouvelle douleur,
Prochaine, hélas ! allait briser mon cœur !...

XLI

AGAR

Agar fuyait l'opulente demeure
D'où la chassait la jalouse Sarah,
Ne regrettant qu'Abraham qui la pleure,
Et ne sachant quel lieu la recevra.
Elle n'avait pour son triste voyage
Qu'un viatique à peine suffisant.....
Eau, pain..... pour elle et son fils en bas âge
Que par la main elle allait conduisant.

En elle tout était printemps encore,
Et les douleurs de la maternité,
Les durs travaux, des charmes qu'elle ignore
N'avaient souillé ni terni la beauté.
Dans son malheur, une promesse auguste
La soutenait. — De son fils Ismaël
Elle savait que la race robuste
Disputerait la gloire d'Israël.

A ses côtés, sans trahir sa présence,
Marchait un Ange, invisible pour tous,
Chargé par Dieu d'écarter la souffrance
Des exilés. — Mais déjà leurs genoux
Pliaient sans force et les portaient à peine.
L'eau tarissait, et la soif augmentait;
A chaque pas semblait grandir la plaine.
Le fils d'Agar sur le chemin tombait.

Agar frémit, le prend, l'infortunée
Contre son sein le presse avec amour,
Mais se croyant perdue, abandonnée
Dans ce désert brûlant pendant le jour,
Affreux la nuit, de ses terreurs la cause,
Ne voulant pas voir son enfant périr,
Au pied d'un arbre en pleurant le dépose,
Et s'en va seule en se sentant mourir.

Quand aussitôt se posant devant elle
L'Ange lui dit : — « Dieu de ton fils mourant
Entend la plainte; à ta foi si fidèle,
A ton amour si touchant, il le rend. » —
A ces doux mots, Agar lève la tête,
Et son regard encor de pleurs troublé
Voit un ruisseau limpide qui l'arrête —
Œuvre de Dieu — dans l'herbe recélé!

Juillet 1871.

XLII

REGRETS

STANCES POUR MADAME LA BARONNE DE BIGARRÉ

Chantres ailés, que nous ramène
Avec les roses le printemps,
Votre grâce charme mes sens
Et de mon cœur suspend la peine,
Mais, hélas !
Je ne vous entends pas !

Comme j'aime le frais ombrage
Et la molle senteur des bois,
Du ruisseau j'aimerais la voix
Et la brise dans le feuillage,
Mais, hélas !
Je ne les entends pas !

Quand de la dernière pensée
De Weber on redit les chants,
L'âme s'émeut à ces accents ;
Moi, je me sens toute glacée,
Car, hélas !
Je ne les entends pas !

Bardes chéris, aux cœurs de flamme,
Dites vos vers tendres et doux;
Parlez.... mais non, non taisez-vous,
Un regret briserait mon âme,
Car, hélas!
Je ne vous entends pas!

Amis, vous dont la sympathie
Apaise si bien la douleur,
Vous voir fait toujours mon bonheur;
Mais il manque un charme à ma vie,
Car, hélas!
Je ne vous entends pas!

XLIII

A UN OISEAU

Longus sæpius est dolor.
(SARBIEVIUS.)

Mollement balancé par les plus doux zéphyrs,
Dont le souffle léger caresse le feuillage,
Dans tes airs amoureux, chantre ailé du bocage,
Tu dis aux échos tes plaisirs.

Jouis, heureux oiseau, d'une trop courte ivresse;
Après les longs hivers la saison des amours
Ne brille qu'un moment et fuit avec vitesse :
Rien n'en peut suspendre le cours.

D'un fugitif plaisir goûte bien tous les charmes;
Hélas! le même jour où luit notre bonheur
Est bien souvent celui qui voit couler nos larmes :
Il est des siècles de douleur!

XLIV

A MADAME PAULINE L***

E volgeami con voglia riacesa
Per dimandar la mia donna di cose
Di che la mente mia era sospesa.

DANTE.

Vous me montrez du ciel la porte d'or
Comme le but où doit tendre mon âme,
Mais je ne puis prendre ce noble essor
Si votre main ne m'aide pas, Madame.

Mon aile est faible, et j'ai besoin d'appui;
Si Béatrix à l'immortel poëte
Comme un flambeau rempli d'éclat n'eût lui,
Pour éclairer du ciel l'auguste fête,

De ce séjour aucun regard humain
N'aurait sondé le céleste mystère
Que, dans les vers d'un poëme divin,
L'illustre Dante a redit à la terre.

Dirigez-moi, c'est de votre amitié
Le privilége, il vaut tout votre zèle;
A son défaut, écoutez la pitié
Pour rendre au ciel un cœur simple et fidèle.

1852.

XLV

REQUÊTE

A MADAME SOPHIE HÜE

Au souffle printanier l'on voit naître la fleur;
De votre esprit charmant les vers semblent éclore
Sans plus de peine; ils sont, ces vers, des fleurs encore,
Ils en ont la beauté, l'éclat et la fraîcheur.
Mais la fleur éphémère à mourir destinée
Ne brille qu'un moment, s'incline et disparaît;
Vos vers vivront toujours dans notre âme étonnée
De tant d'esprit, de grâce, assemblage parfait!
De ces vers enchanteurs mon oreille charmée
Garde le souvenir. Pourtant, si votre main,
Un jour, pour moi de Fust négligeant l'art divin,
Au papier confiait la poésie aimée,
Combien cette faveur me rendrait fier et vain!

1859.

XLVI

AU LISERON *

Cher liseron, que l'on m'envoie,
Sous mon toit sois le bien venu;
Tu combles mon âme de joie,
Toi que j'aimais même inconnu.

Mais de ton frais et beau calice
Depuis que je suis possesseur,
Il est mon unique caprice,
Je l'abrite au fond de mon cœur.

Ce cœur un jour sera ta tombe,
Et quand dans l'éternelle nuit
Moi-même il faudra que je tombe,
Tu suivras ton dernier réduit.

Jusque-là, dans ce sûr asile
Reste sans crainte, et du méchant
Bravant la malice inutile,
Du repos que ce soit ton champ.

* Charmant petit poëme de Madame Sophie Hüe. Il a toute la suave et délicate fraîcheur de la blanche fleur dont il porte le nom.

Ainsi que d'une fille aimée,
Ainsi que du plus cher trésor,
De toi ma tendresse alarmée
Écartera tout fâcheux sort.

Comme l'emblême où la nature
A voulu fixer le portrait
D'une âme sainte, chaste et pure,
Ta blanche corolle apparaît.

Sois mon talisman, fleur charmante;
Que mon cœur reste immaculé
Comme le tissu de la mante
Que Dieu pour toi seule a filé!

1859.

XLVII

AU PRÉSIDENT TASLÉ

ÉPITRE A MON JARDINIER

Notre Boileau voulut après Horace
S'entretenir avec son jardinier;
Je viens aussi, — suivant de loin leur trace, —
Un peu causer avec ce pionnier
De mon domaine où, depuis trente années,
Grâces à lui, je vois naître, fleurir
Roses et lys, les plus beaux fruits mûrir,
Et par sa main, mes corbeilles ornées,
Embaumer l'air et charmer tous les yeux.
Encor par lui, je puis dans mon bocage,
D'un ciel ardent toujours braver les feux
Au frais abri du verdoyant ombrage.
Oui! j'en conviens, je dois ces résultats,
Brave Joseph, au travail de tes bras.
Aussi, déjà deux fois, en récompense
De tant de soins, la médaille d'argent,
Avec diplôme, honora ta constance
Comme ta peine en les encourageant.

Mais là n'est pas ton unique partage.
Le visiteur par le site attiré
Dans mon jardin contemple ton ouvrage
Et tu jouis de le voir admiré.
Chaque saison qui vient à reparaître
D'un bien nouveau t'apporte le tribut,
Et l'hiver même offre à tes yeux pour but
L'aspect charmant que les frimas font naître :
Brillants cristaux au feuillage glacé
Des arbres verts, blanc tapis sur la terre
Qu'un doux soleil de ses rayons éclaire,
Chaque buisson de givre tapissé,
Le rouge-gorge à tes pieds qui béquète
Le ver rampant ou l'insecte engourdi,
Et le crocus à la robe coquette
Malgré la bise à se montrer hardi ;
Puis, au printemps, quand un souffle plus tiède
Ouvre la feuille ou fait germer le grain,
Quand le bouton de sa sève tout plein
Fait pressentir la fleur qui lui succède ;
Lorsque l'oiseau prépare la maison
Où ses petits doivent bientôt éclore,
En égrenant son chant vif et sonore ;
Lorsque brisant son étrange prison
La libellule en liberté s'essore,
C'est le spectacle où chaque jour ton cœur
Peut s'attendrir s'il en sent la douceur.

L'été te donne une autre jouissance :
La terre épand ses précieux trésors,
Parfums exquis et splendides décors;
Fleurs, papillons, tous rivaux d'élégance,
Font éclater leur féerique alliance.
L'automne aussi vient montrer ses tableaux,
Et sa palette au paysage amène
Plus riche teinte avec charmes nouveaux.
Le fruit mûri se balance aux rameaux;
D'un air plus pur l'on respire l'haleine.
Il faut pourtant, il faut recommencer
Tous les travaux : planter, ensemencer,
Pour recueillir, consacrer à la terre
Soins assidus, labeur toujours austère.
Pendant ce temps, rien ne trouble ta paix.
Qu'importe à toi tous les vains bruits du monde,
La politique et ses débats abstraits,
Des députés l'éloquente faconde,
Si, chaque jour, tu trouves cuite à point,
Chaude galette et lard frais pour appoint,
Si le dimanche employant ta journée
Selon ton gré, tu vas chez des amis
Où, devisant des moissons de l'année,
Du froid, du chaud, près du foyer admis,
Joyeux, tu bois le cidre qui pétille,
Ris de bon cœur, ouvrant un œil qui brille?

Mais, de retour dans ton humble logis,
Où ta compagne, en t'attendant, a mis
Et nappe blanche et souper sur la table,
Tu viens t'asseoir à ce frugal banquet
Dont le menu te semble délectable.
Ton appétit une fois satisfait,
Au pied du lit la prière se fait.
Bientôt après, le sommeil qui t'accable
Jusqu'au matin de toi vient s'emparer.
Gaiement alors tu reprends ton ouvrage.
De toi dépend de voir toujours durer
Ce doux bonheur qu'envierait le vrai sage!

Février 1869

XLVIII

L'ARBRE TOMBÉ

A MADAME SOPHIE HÜE

Quantum mutatus ab illo.
VIRGILE.

Beau peuplier, qu'est devenu l'ombrage
De tes rameaux, le murmure si doux
Et la fraîcheur de ton épais feuillage
Qui s'étendait au loin autour de nous?

Tu t'élevas sur les bords de cette onde
Dont le flot pur chaque jour humblement
Baisait tes pieds, et dont le cours féconde
Moissons et fleurs d'un rivage charmant.

En grandissant, ta couronne orgueilleuse
Te fit le roi de tous ces lieux bénis;
Et les oiseaux d'une chanson joyeuse
Te saluaient en bâtissant leurs nids.

Ils te prenaient pour le plus sûr asile
De leurs amours, et dès que l'aube ouvrait
La porte au jour, c'était nouvelle idylle,
Et le bonheur dans leurs jeux se montrait.

Quand du zéphir la molle et pure haleine
Répand partout de suaves senteurs,
Quand la nature avec les fleurs ramène
Besoin d'aimer au fond de tous les cœurs,

A ton abri, combien de causeries,
De chers projets, combien d'épanchements,
Souvent aussi de feintes bouderies,
De toute part attiraient les amants!

Tu les as vus dans leur douleur muette,
Et, confident de leurs ardents désirs,
Tu recueillis sous ton ombre discrète
Avec leurs pleurs leurs amoureux soupirs.

Depuis, avec des feuilles desséchées,
Un tronc brisé par la flamme des cieux,
Tu gis à terre où tes branches couchées,
Pauvre arbre, hélas! ne charment plus les yeux!

Ce port si fier et la verdure exquise
De ton écorce où se lit plus d'un nom,
Nom bien aimé, près de tendre devise,
Tout est fini, — jusqu'à ton doux renom?

Tous les troupeaux évitent ta rencontre,
Et loin de toi s'envolent les oiseaux ;
La tourterelle est la seule qui montre
Quelque pitié pour de si cruels maux.

Car, comme toi, bien triste, abandonnée,
Elle revoit son sort dans ton malheur.
L'écho lointain, seul, de l'infortunée
Dit au vallon la plainte et la douleur.

Et l'on croirait qu'une voix attendrie
Qui de toi-même échappe avec effort,
Tout bas murmure : « Ah ! qu'est-ce que la vie
Si l'arbre aussi doit connaître la mort ! »

XLIX

LE FORGERON *

Sous un vieux châtaignier à l'immense feuillage,
Un forgeron aux bras puissants
Se tient le long du jour dans son humble village
Où ses travaux sont incessants.

Ses cheveux noirs, crépus, montrent sa grande force;
Son visage est couleur de tan,
Son front est en sueur malgré sa rude écorce,
Mais il se trouve heureux pourtant.

Il pourrait regarder le monde entier en face,
Car à personne il ne doit rien.
Du matin jusqu'au soir on le voit à sa place,
Sans cesse travaillant, et bien.

Les enfants, en sortant gaîment de leur école,
Aiment à le voir travailler.
Le grand soufflet grondeur, l'étincelle qui vole
Les font toujours s'émerveiller.

Au saint temple il se rend chaque jour de dimanche;
Assis auprès de ses enfants,
Il écoute parler le prêtre à la voix franche,
Et ses regards sont triomphants.

* Traduit de Longfellow.

Il reconnaît la voix de sa petite fille
S'élevant dans le simple chœur
Des chantres villageois. — Le plus doux bonheur brille
Dans ses yeux, réjouit son cœur.

Un triste souvenir à ce bonheur se mêle;
L'aimable voix qui lui plaît tant
L'attriste cependant, car elle lui rappelle
La mère de sa chère enfant.

Hélas! au Paradis maintenant elle chante!
Il n'y pense que trop souvent,
Et de sa lourde main une larme brûlante
Est essuyée en y rêvant.

Travaillant, triste ou gai, s'écoule ainsi sa vie.
Chaque matin, labeurs nouveaux,
Et, chaque soir, il voit sa tâche bien remplie
Qui de sa nuit fait le repos.

A toi merci, merci! brave ami que j'envie
Pour cette si bonne leçon!
Nous devons tous forger au feu de cette vie
Chaque penser, chaque action!

Juillet 1871.

L

PAUVRE COLOMBE

A MADEMOISELLE ALINE DE MALHAIRE

Quærens quem devoret.

Pauvre colombe au blanc plumage,
Où vas-tu? Pourquoi donc quitter
Le nid charmant où ton jeune âge
Trouvait si doux de s'abriter?

Là, pour toi petits soins, caresses,
Grains choisis et mille douceurs,
Ici, ni baisers, ni tendresses,
Et quels périls, quelles douleurs!

Ne vois-tu pas près de la branche
Où tu te balances sans peur,
L'ennemi qui vers toi se penche?
Fuis, il est méchant et trompeur!

M'entends-tu ? — Vois, vois, imprudente,
Il s'approche en te regardant
L'œil en feu, la gueule béante,
Ah ! crains de tomber sous sa dent !

Prends ton vol, il est temps encore.....
Que n'ai-je pu fermer les yeux ?
Hélas ! le cruel la dévore :
De ses pareils ce sont les jeux !

Ainsi la candide innocence,
Au piége tendu sous ses pas,
Court sans la moindre méfiance
Et se prend aux traîtres appâts !

LI

SUR LA MORT D'UN ENFANT

.... Vedea ch'esta vita noiosa
Non era degna di si gentil cosa.
DANTE.

Sur cette étroite tombe, enfant, où tu reposes,
Je viens aussi jeter immortelles et roses;
Mais, chère âme, crois-tu que je verse des pleurs
Lorsque le ciel clément, par d'insignes faveurs,
T'affranchit de l'épreuve où s'use notre vie?
Non! — ta part est trop belle et trop digne d'envie!
Dieu te rappelle à lui, mais tu ne mourus pas;
Comme un ange égaré, tu nous vins ici-bas :
Le paradis t'attend, retourne en ta patrie!

LII

LE CORBEAU *

CONTE FANTASTIQUE

I

A l'heure de minuit, heure fatale et sombre,
Une fois que tout las et le front incliné,
Pensif, j'examinais un livre suranné
Tout rempli de science et d'arcanes sans nombre,
J'entendis à ma porte un bruit faible et confus....
« Un visiteur, pensai-je, et rien, non, rien de plus! »

II

C'était, je m'en souviens, une nuit de décembre,
L'étincelle en mourant éclairait le plancher.
J'attendais le matin, trop lent à s'approcher,
Par l'étude cherchant vainement dans ma chambre
L'oubli de ma Lénore, ange aux nobles vertus,
Dont le doux nom ici ne résonnera plus!

* Traduit de l'anglais, d'Edgar Poe.

III

Mais le bruissement de mes rideaux de soie
Me faisait frissonner d'une étrange terreur
Qui, jamais jusque là, ne fit battre mon cœur.
Pour calmer le souci dont il était la proie :
« Un visiteur, repris-je, en accents contenus,
» Un tardif visiteur, mais rien, non, rien de plus! »

IV

Mon âme cependant s'apaisa, puis, plus forte :
« Madame ou Monsieur, dis-je, excusez ce retard;
» Je dormais. Enfin, comme il est déjà bien tard,
» Je ne pouvais penser qu'on frappât à ma porte;
» A peine si vos coups pouvaient être entendus. »
J'ouvris... c'était la nuit, — et rien, non, rien de plus!

V

Dans cette obscurité, je fus longtemps encore,
Rêvant ce qu'avant moi nul mortel ne rêva.
Le silence régnait quand mon âme éprouva
Une indicible joie au doux nom de Lénore
Que l'écho soupirait, tout bas, en sons émus,
Après moi. — Ce fut tout, et rien, non, rien de plus!

VI

De retour en ma chambre, un feu brûlant dans l'âme,
J'entendis de nouveau beaucoup plus fort frapper.
« A ma fenêtre, qui s'est permis de grimper?
» Voyons, voyons enfin ce que l'on me réclame...
» Que mon cœur, que mes sens cessent d'être éperdus;
» Le mystère est trouvé : — c'est le vent, rien de plus! »

VII

Donc, j'ouvris la fenêtre. — A grands battements d'aile,
Entra tout brusquement un antique corbeau
Qui, sans le moindre arrêt, fier comme un hobereau,
S'envola vers ma porte où le buste si frêle
De Pallas se trouvait justement au-dessus;
C'est là qu'il se percha. — Puis, rien, non, rien de plus!

VIII

Mais le noir volatile excita tout mon rire
Par sa grave apparence et son froid décorum,
Ainsi qu'un orateur plaidant dans le forum.
« Avec ta crête absente et ton air de vampire,
» Tu n'es qu'un triste oiseau; quel nom, dis-je, au surplus,
» Là bas te donne-t-on? » Il cria : « jamais plus! »

IX

Je m'étonnai beaucoup d'une telle parole,
Quoiqu'elle renfermât fort peu de sens commun,
Mais il faut convenir qu'aucun vivant, aucun
Ne fut assez heureux pour voir bête si folle
Assise sur un buste ainsi qu'un sot intrus
Portant le nom bouffon de jamais, jamais plus!

X

Pourtant, l'étrange mot de cette étrange bête
Dit à propos, semblait de son âme sortir :
Ce fut tout. Je ne vis pas même tressaillir
Son aile, et murmurai tout bas : — « ce trouble-fête
» S'envolera demain.... espoir, bonheurs parfaits
» Ainsi se sont enfuis !... L'oiseau reprit : « jamais ! »

XI

Surpris de voir rompu par ce mot le silence,
A part moi, je pensais : — Sans doute, ce qu'il dit,
Il l'apprit de son maître, et ce maître maudit
Le répétait sans cesse en sa douleur immense,
Jusqu'au moment même où tout espoir désormais
Perdu, réalisa ce trop fatal jamais !

XII

Mais le corbeau forçant ma pauvre âme à sourire,
Je me mis à rouler un fauteuil devant lui.
Et là, sur le coussin assis, dans mon ennui,
Je voulais pénétrer ce que pouvait me dire
Cet infernal oiseau par l'augure niais
Qu'il croassait toujours de jamais, plus jamais!

XIII

Je voulais deviner, mais sans une parole
A ce singulier fou dont l'œil au fond du cœur
Me brûlait; et j'étais plongé dans ce labeur,
Au velours appuyé sur lequel mon idole,
Qui trop tôt me quitta, que tendrement j'aimais,
Ne mettra plus sa tête, hélas! jamais, jamais!

XIV

Il me semblait que l'air était beaucoup plus dense,
Qu'il était parfumé par l'encensoir voilé
Qu'invisible agitait un séraphin ailé.
« Le ciel, dis-je, au corbeau, le ciel par sa puissance
» Te fait son messager; mais, — je le veux, — promets
» D'oublier ma Lénore! « Ah! dit l'oiseau, jamais! »

XV

« Prophète de malheur, que tu sois oiseau, diable
» Ou bien le tentateur par Dieu même envoyé,
» Apprends, apprends-moi donc au nom de la pitié,
» Tout mon être t'implore, à mon sort lamentable
» Aurai-je en Giléad un baume certain. » Mais
Le méchant animal redit encor : « Jamais ! »

XVI

« Par ce Dieu que j'adore, ainsi que toi, perfide,
» Par ce ciel qui sur nous fait briller son soleil,
» Dis, dis à cette âme où ne vient plus le sommeil,
» A cette âme d'amour, hélas ! toujours avide,
» Si dans l'Eden lointain où réside la paix,
» Je reverrai Lénore ! » — Il répondit : « Jamais ! »

XVII

« Ce mot, ce mot impie à toujours nous sépare,
» Retourne à la tempête, au rivage proscrit !
» Qu'aucune plume noire ici, malin esprit,
» Ne reste en témoignage au mensonge barbare
» Par toi-même inventé, respecte mes regrets,
» Et retire ton bec de mon cœur ! » — Non, jamais ! »

XVIII

Mais le corbeau funeste est toujours sur le buste
De la pâle déesse, et ses yeux de démon
Semblent rêver encor le mal comme un félon,
Et la lampe qui luit en jette l'ombre juste
Sous mes yeux!..... Ainsi donc mon regard désormais
Rivé là, ne pourra s'en détacher jamais!

Mars 1869.

LIII

A M. HENRY W. LONGFELLOW

A SON ARRIVÉE EN FRANCE

Salut et gloire à toi, vaste et puissant génie,
Toi, chantre du devoir, au rare et noble cœur
Que l'on admire, toi, dont la muse bénie
Sait enseigner si bien à devenir meilleur!

De tes beaux vers toujours si j'aimai l'harmonie,
De tes pensers m'émeut l'étrange profondeur,
Et lorsque je te lis, mon esprit s'ingénie
A s'élever vers toi, ravi de ta grandeur.

Sans jamais t'avoir vu, j'ai deviné ton âme
Où brille avec éclat cette céleste flamme
Que Dieu lui-même un jour alluma d'un regard.

La sainte poésie, en tes chants si sublime,
S'écoule de ton cœur, sa source légitime,
Comme au désert jadis l'eau jaillit pour Agar!

Aux Rochers, 4 septembre 1868.

LIV

A MADEMOISELLE ALINE DE MALHAIRE

Combien me plaît ta voix à l'accent enchanteur
Qui sait si bien trouver la note que l'on aime,
Note pure toujours, tendre écho de ton cœur,
Mais qui nous fait pleurer par sa tristesse extrême!

Qui donc de tes pensers peut assombrir le cours?
L'amour a-t-il trompé de douces espérances,
L'amitié refusé son consolant secours,
La muse est-elle sourde à toutes tes instances?

Non! L'amour, l'amitié jamais n'ont pu manquer
A l'appel de ton cœur, non, je ne puis le croire!
Mais la muse longtemps veut se faire invoquer,
Persévère, crois-moi, si tu veux la victoire.

Persévère, et demande, en un rhytme aussi doux,
Quelque suave chant moins sombre pour notre âme,
Tel que, quand tu le veux, ta plume écrit pour nous,
Qui charme et fait rêver. — L'amitié le réclame! —

LV

L'ENFANT ET L'ABEILLE

... Dé' più bei piacer sovente in seno
Sta nascosto il veleno.

PIGNOTTI.

Un charmant enfant dont les pas
Laissaient au sol leur trace à peine,
Prenait dans un pré ses ébats,
Où des fleurs s'exhalait l'haleine.

Une abeille au corsage d'or,
Et belle à voir dans son essor,
Mais d'aiguillon toujours armée,
Allait volant de fleur en fleur,
Buvant dans leur urne embaumée
Nectar à la douce saveur;
L'enfant veut en faire sa proie,
Et de tous ses yeux la guettant,
Charmé de l'habit éclatant
Dont l'aspect excite sa joie,
Il s'élance, court, et conduit
Par le désir de la conquête,
Déjà sa main ouverte est prête
A saisir l'insecte qui fuit,
Va, vient, nulle part ne s'arrête.
L'enfant en vain toujours la suit.

Lasse enfin de ses tours, l'abeille
Ferme son aile en murmurant
Au sein d'une rose vermeille
Que remplit un suc odorant.
L'enfant doucement, en silence,
Sur la pointe du pied s'avance;
Puis levant sa petite main,
Sur la fleur où l'insecte pose,
La fait tomber... Abeille et rose
Sont prises ensemble soudain;
Mais alors l'abeille irritée
Allonge son terrible dard,
Et la main sur elle arrêtée
Reçoit sa peine sans retard.
Notre enfant, d'une voix plaintive,
Appelle à son aide en pleurant,
Mais il tombe avant qu'on arrive,
Évanoui, presque mourant.

Jeunes gens sans expérience,
Qu'entraîne un inconnu désir,
Sachez que malgré l'apparence,
Un poison cache sa présence
Dans la coupe du doux plaisir!

LVI

A MADEMOISELLE BLANCHE ***

La poésie, enfant, à votre âme sait plaire;
Il faut — vous le voulez — que de vos beaux seize ans
Je dise dans la langue aux poètes si chère,
Le prestige enchanteur et les dons séduisants.

Hélas! que n'ai-je encor, comme vous, l'heureux âge
Où l'on aime — surtout où l'on peut être aimé! —
Ah! j'aurais des accents pour émouvoir, je gage,
Cè cœur d'ange si chaste au sentiment fermé.

Mais, en dépit du temps, mon âme sait comprendre
Le beau, le bien. — J'ai vu votre aimable gaîté,
Votre riant visage, et d'un regret trop tendre
J'ai senti tout mon moi follement agité.

Oui! près de vous, enfant, je me plaignais de n'être
Que le passé, l'hiver en face du printemps!
Mais que pourrais-je y faire? — On n'est jamais le maître
Pour naître ou pour mourir de bien choisir son temps!

Aux Rochers, septembre 1869.

LVII

A MONSIEUR PROSPER GIQUEL

LIEUTENANT DE VAISSEAU, DIRECTEUR-CRÉATEUR DE L'ARSENAL MARITIME DE FOU-TCHÉOU (CHINE)

SONNET

Que de Français, hélas! indignes de ce nom,
Affligent la patrie, encor toute saignante
De la guerre barbare où pâlit son renom,
Et d'une lutte impie à jamais désolante!

Toi, tu rends à la France un prestige fécond,
En propageant ses arts et sa langue charmante,
Chez ce grand peuple étrange, enfant longtemps et bon,
Mais que fera viril ta volonté puissante.

Poursuis tes grands travaux : leur but est glorieux;
La Chine te devra des progrès sérieux
Dont elle gardera l'éternelle mémoire!

Un jour, en souvenir de tes nobles bienfaits,
On gravera ton nom en larges et grands traits
Sur les pages d'airain de son antique histoire!

Rennes, janvier 1872.

LVIII

A MADAME ***

Oui ! mon corps chargé d'ans s'incline vers la terre,
Et ma tête a blanchi comme un antique pin
Sous les frimas d'hiver, je ne saurais le taire ;
Je ne m'en cache pas, le fait est trop certain !

Mais mon âme a gardé le sceau de la jeunesse,
Mes pensers leur élan et je m'émeus toujours
Quand à mes yeux paraît aimable charmeresse,
Ainsi que je faisais dans mes lointains beaux jours !

Si de jeune beauté mon cœur subit l'empire,
L'esprit bien plus encor m'offre attrait sérieux,
C'est lui surtout, c'est lui qui me charme, m'inspire,
Et je ne cherche pas, moi, s'il est jeune ou vieux.

Lorsque de Sévigné l'on a la plume et l'âme,
Ainsi que vous, peut-on dire que l'on vieillit !
Pour moi je n'y crois pas un seul moment, Madame,
N'est-on pas toujours jeune avec autant d'esprit !

26 octobre 1869.

LIX

A MADAME W. ALBERTINE P*** D***

Au murmure des vers votre oreille est sensible,
Leur note douce et tendre arrive à votre cœur;
Bien heureux si les miens obtiennent ce bonheur,
Et, malgré mes vieux ans, le trouvent accessible!
Recevez-les, ces vers, hommage non secret,
Tout inspiré par vous, très-gracieuse femme;
Ils vous diront combien vous remplissez mon âme,
Non d'un vain sentiment, mais de tendre respect,
Et d'une sympathie où mon cœur se complaît!

Au château de Douaville, 1er décembre 1871.

LX

IMPROMPTU

A MADAME WILHELMINE P*** D***, QUI ME DEMANDAIT DES VERS A SON SUJET PENDANT QU'ELLE PORTAIT UNE COIFFURE DISGRACIEUSE.

Si je disais que vous êtes jolie
Malgré ce laid, cet affreux capuchon,
L'on me croirait : n'avez-vous pas le don
Qu'en vous voyant tout le reste s'oublie !

Château de Douaville, novembre 1871.

LXI

VERCINGÉTORIX

Dulce et decorum est pro patria mori.
(HORACE.)

Alexandre, César, le grand Napoléon
Brillent avec éclat aux pages de l'histoire;
Poëtes et sculpteurs célèbrent leur mémoire
Et l'immortalité consacre leur renom.

La France peut compter plus d'un illustre nom
Parmi ses fiers enfants, son orgueil et sa gloire,
Mais pour les honorer est-il permis de croire
Qu'elle n'oublia rien, ni fut ingrate? — Non! —

De tous ces monuments que sa reconnaissance
Aux héros éleva, — posthume récompense, —
A Vercingétorix pas un ne fut dressé.

Il osa des Romains combattre la puissance,
Mourut pour son pays, martyr de sa défense,
Et l'on cherche le marbre où son nom soit tracé!

1864.

LXII

LE PRINTEMPS

Chantez, petits oiseaux, sur l'aubépine en fleur,
L'air est tout embaumé d'une molle senteur,
D'un vol prompt et léger la charmante hirondelle
Transporte à son doux nid, où son ami l'appelle,
Mousse et tendre duvet pour orner le logis,
Cher asile qui doit abriter ses petits.
Au souffle printanier, les arbustes déplient
Leur bel éventail vert, et tous les pommiers plient
Sous leurs rameaux touffus aux frais bouquets d'argent.
L'ajonc aux épis d'or, le genêt odorant
Balancent leur panache aux baisers de la brise;
La pâquerette étoile une herbe encore grise :
Tout renaît, tout fleurit..... Hélas! pour l'homme seul
Il ne luit qu'un printemps : qu'attend-il? — Un linceul! —

LXIII

LE RÉVEIL DE L'AMOUR

A MADAME LA COMTESSE CH. DE B***.

Non li fu onore
Ferirme di saetta in quello stato,
E a voi armata non mostrar pur l'arco.
PETRARCA.

Mollement couché sur des roses
Un jeune et bel enfant dormait;
De ses lèvres à demi-closes
Un doux sourire s'échappait :
Des ondes de sa chevelure
Sa faible main en se jouant
Semblait se voiler la figure
Qu'ombrageaient, en se repliant,
Deux ailes d'azur éclatantes.
« C'est un ange. » — « Non, c'est l'amour ! »
S'écriait chacun tour-à-tour,
Ravi de ses grâces charmantes.

A ces cris réveillé l'enfant,
Alors dans les airs s'élevant,
De son aile, dans sa colère,
Arrache une plume légère,
L'arme aussitôt d'un fer doré
Mais toujours sûr, mais acéré;
Puis, au hasard, sur la foule assemblée
Le lançant, le trait siffle et mon sein est percé.
« Qui que tu sois, dit-il, que ce fer a blessé,
» Connais l'amour : ma vengeance est comblée!
» Aime toujours avec ardeur,
» Et que jamais un cœur ne réponde à ton cœur! »
Vous le servez trop bien, cruelle!
Pour mon délire sans pitié,
Sans cesse vous riez de ma peine mortelle :
Quand je parle d'amour vous m'offrez l'amitié;
Pour vous encor le Dieu sommeille;
Mais tremblez qu'il ne se réveille!

1829.

LXIV

ADIEUX AUX ROCHERS

Beaux lieux que j'ai créés, retraite
Où s'écoulent mes jours en paix,
Combien mon pauvre cœur regrette
De vos grands bois l'ombrage épais,
Et leur fraîcheur et leur verdure;
Le suave parfum des fleurs,
L'onde qui s'enfuit et murmure,
L'écho qui redit joie et pleurs;
La barque déployant sa voile,
Le moulin plus loin qui bruit,
Dans le ciel bleu la blanche étoile,
Dans l'herbe l'insecte qui luit;
Le train que la vapeur entraîne
Et son sifflet retentissant,
Du silence troublant à peine
Le charme toujours si puissant;
Les pins, grande lyre d'Éole,
Que l'aile de la brise frôle
Et dont les arpéges lointains
Font rêver à des chants divins;

Les ineffables harmonies
Des eaux, de la terre et du ciel :
Charmes, délices, poésies
Plus douces au cœur que le miel !
Adieu, calme et paisible asile,
Témoin discret de mes bonheurs,
Où trop souvent ma douce idylle,
Hélas ! fit place au deuil en pleurs !

LXV

VERS ÉCRITS SUR UN BANC DANS LE PARC DU CHATEAU DE VOLTAIRE *

Dans ce délicieux bocage
Les fleurs, les oiseaux, le feuillage,
Tout semble tressaillir d'amour;
Mais cela n'a rien qui m'étonne :
L'on sait qu'à ce riant séjour
Préside encore *Belle et Bonne!*

28 avril 1828.

* Madame la comtesse de Budé faisait alors les honneurs de cet ancien domaine de l'illustre écrivain avec la grâce la plus aimable; elle possédait toutes les qualités qui méritèrent à Madame la marquise de Villette deux épithètes, dont la réunion est un si bel éloge.

LXVI

A UNE JEUNE FILLE

I'la riveggio starsi umilmente
Tra belle donne a guisa d'una rosa
Tra minor fior.....
PETRARCA.

Sais-tu, dis-moi, charmante jeune fille,
Pourquoi s'élève un murmure flatteur
Quand parmi nous ton beau visage brille
Comme l'étoile au firmament scintille,
Comme au verger le blanc pommier en fleur?

Ah! ce n'est pas ta blonde chevelure,
Ton front candide et tes yeux azùrés,
Ni ce sourire, ô Vierge, où la nature
Nous révéla d'une âme chaste et pure
Tous les pensers par Dieu même inspirés;

Mais ce qui fait qu'on t'aime et qu'on t'admire,
C'est de te voir, ô naïve beauté,
Sans le savoir, exercer ton empire,
Et du bonheur que ta présence inspire
Douter encor dans ta simplicité!

1831.

LXVII

A MADAME PAULINE LOUCHET

Au pur charme des vers peut-on être rebelle
Quand on a comme vous une âme bonne et belle?
Je n'y crois pas, Madame; — avec bonheur vos yeux
Contemplent les beautés que la nature étale,
Depuis la fleur des champs au disque gracieux
Jusqu'à la riche pierre au chatoîment d'opale,
Depuis le frais vallon jusqu'au glacier neigeux,
Le ver luisant dans l'herbe et l'étoile des cieux.
Vous aimez des forêts l'harmonieux murmure,
La plainte de la mer qui vient baiser vos pieds,
Et d'orgueil bien souvent, mère, vous souriez
En tressant de vos doigts la blonde chevelure,
Cadre délicieux d'un visage charmant,
Auréole qui brille au front de votre enfant,
De l'ange dont la bouche au sourire fidèle,
    Répond au doux nom d'Isabelle.
La poésie est là! — votre cœur la comprend!

Février 1851.

LXVIII

GRAZIELLA

A MONSIEUR BARRÉ

Oh! si tu étais là, je vivrais!
(Lettre de Graziella.)

Ne le croyez pas, non, elle n'a pu mourir!
Un jeune et pur amour la rattache à la vie.
L'espoir, comme un mirage, à ses yeux vient offrir
Le doux bonheur promis à son âme ravie.
Mais on le voit, hélas! elle a dû bien souffrir!
Sous la longue douleur comme son beau front plie!
Pourtant de sa beauté le mal n'a pu ternir
Tout l'éclat qui charma le Barde au grand génie.

Sur un rocher assise, au bord de cette mer,
Témoin de ses serments, elle l'attend encore,
Elle l'attend toujours. Son cœur fidèle ignore
Que, semblable à la fleur, semblable au flot amer,
L'amour est fugitif, et, comme un météore,
Brillant mais passager, éclate et s'évapore!

Octobre 1854.

LXIX

PRÈS D'ELLE

Près d'elle quel aimant puissant et doux attire !
A son aspect chacun cède au magique attrait :
Un je ne sais quoi, charme impossible à décrire,
Lui livre tous les cœurs par un pouvoir secret.
Il faut l'aimer, il faut accepter son empire.
N'allez pas cependant vous flatter de retour :
Elle permet qu'on l'aime, et garde son amour !

Mai 1851.

LXX

A MADAME LOUISE BRUN

EN LUI OFFRANT, AU MOMENT DE SON DÉPART, UN PORTE-MONNAIE

Vous partez ! — Avec vous notre bonheur s'envole !
Il ne nous reste rien que votre souvenir,
Comme l'écho plaintif de la harpe d'Éole
Redit le dernier chant qu'on entendit finir.
Adieu ! — N'oubliez pas l'ami qui vous regrette ;
Et quand un malheureux vers vous tendra la main,
En ouvrant votre bourse, au bienfait toujours prête,
Donnez, mais que l'absent — du cœur encor voisin —
Obtienne un doux penser où votre âme s'arrête :
    La charité sera complète !

12 décembre 1857.

LXXI

A ÉDOUARD TURQUETY

LE JOUR DE SON MARIAGE

Quand je lisais tes vers où s'épanche ton âme,
Je cherchais quelle muse inspira ces beaux chants,
Ces chants venus du cœur, pleins de grâce et de flamme,
Où ton chaste amour rit ou pleure en doux accents.

Chaque page éloquente est comme le saint temple
Où l'on vient prier Dieu que ne voit nul mortel;
Il parle à tous les cœurs sans qu'aucun le contemple,
Et l'invisible Dieu trône sur son autel.

Enfin, voici ta muse : il n'est plus de mystère.
Qu'elle inspire toujours tes vers harmonieux,
Ami, mais qu'elle soit pour toi sur cette terre
L'ange consolateur qui rappelle les cieux!

LXXII

SUR LA STATUE DE GUTENBERG

Par Monsieur BARRÉ

A MONSIEUR OBERTHUR

C'est bien lui, le voilà, c'est l'immortel génie!
Aux arts de la pensée il a donné l'essor,
Ouvert à tous la voie éclatante, infinie,
Où de l'esprit humain se garde le trésor!

Quels travaux incessants! quelle guerre à l'envie!
Combien de vains essais, que de peines, que d'or!
Avant de parvenir à ce but de sa vie,
But le plus grand que l'homme eût pu rêver encor!

Si l'orgueil du succès a pénétré son âme,
S'il l'enivre de joie et l'enfièvre et l'enflamme,
Il n'est pas ingrat, non! l'hymne chante en son cœur!

Et, le front découvert, l'œil ému, sa pensée,
Dans un pieux amour, au Ciel s'est élancée!
« Merci, mon Dieu! dit-il, à toi seul tout l'honneur! »

Mars 1861.

LXXIII

LE CHAT DE LA MAISON

Donec eris felix multos numerabis amicos;
Tempora si fuerint nubila, solus eris.

Certain chat émérite à la moustache blanche
Avait dans un palais établi son séjour.
Bien choyé, bien nourri, faisant la nuit du jour,
Pour lui la vie était un long dimanche.
Notre grippe-souris possédait dans sa manche
Pour charmer plus d'un tour.
Aussi, quels bons morceaux tombaient dans son assiette!
Le gaillard n'en laissait jamais perdre une miette.
Il faisait le gros dos, et par ses doux rons-rons,
Dans tous les tons,
Montrait une âme satisfaite.

Or, il advint — du sort retour fatal, —
Que, frappé d'un revers, son infortuné maître
Dut quitter les beaux lieux, créés par lui, peut-être,
Et chercher un asile, hélas! à l'hôpital!

N'emportant que son chat comme un ami fidèle,
Loin de douter un seul moment
Que l'animal à la douce prunelle
Pour lui manquât d'attachement.
Cependant un matin on cherche notre bête;
Elle avait disparu.
En vain de récompense honnête
Promit-on le tribut
A qui ramènerait des rats le trouble-fête,
Pour le reprendre nul ne fut assez actif.
Pendant ce temps, que fait le fugitif? —
De retour au palais, il s'efforce de plaire
Au nouvel habitant par ses jeux, par ses tours;
De ses flancs il le presse, il le flatte, il le flaire,
Et pour lui seul enfin fait patte de velours!

Combien de gens à la féline race
Avec raison l'on pourrait comparer!
On les voit prosternés aux pieds de l'homme en place,
Et de leur dévouement sans cesse se parer.
Tombe-t-il? — Vite ils font, sans rougir, volte-face,
Et de son remplaçant ils courent s'emparer!

La maison peut changer de maître,
Mais d'amis point, il faut le reconnaître!

———

LXXIV

AUTREFOIS

A MADAME LA COMTESSE DE M.....

Autrefois, dites-vous, Madame,
Autrefois n'est pas né pour vous :
Hier enfant, aujourd'hui femme,
Le présent vous veut en jaloux.

Laissez, laissez à la vieillesse
Le soin de parler du passé;
Le souvenir de la jeunesse
Lui rend un bonheur effacé.

Le temps pour vous commence à peine
Et l'heure bronche à chaque pas;
A vos pieds votre époux amène
Un bonheur qui ne s'enfuit pas.

Recueillez dans votre pensée
Les charmes si doux du présent;
Un jour si votre âme est blessée,
Qu'ils soient un baume bienfaisant!

L'avenir est plein d'espérance,
Votre cœur de chastes amours,
Qu'en eux soit votre confiance,
Et sachez les fixer toujours !

Le présent et l'avenir, mère,
Vous offrent leurs biens à la fois,
Chers biens qui n'ont rien d'éphémère ;
Mais ne parlez plus d'autrefois !

Février 1859.

LXXV

A TERESA MILANOLLO

Quand ton archet frémit sur la corde sonore,
Par ton âme inspirée, il semble qu'une voix
Douce et plaintive exhale, en pleurant sous tes doigts,
Les mystères d'un cœur que la douleur dévore !

Ange, regrettes-tu le céleste séjour,
Le bonheur des élus et l'éternel amour ?
Ou, fille de la terre, as-tu déjà des larmes
Que ne peuvent sécher tant de gloire et de charmes !

Qui que tu sois enfin, ange, femme ou péri,
A tes accords divins notre cœur attendri,
Tout entier au pouvoir qui l'émeut et l'enflamme,
Pleure ou rit avec toi : — notre âme suit ton âme !

Mars 1849.

LXXVI

EXCELSIOR *

A MONSIEUR LA GUERRE

Il était nuit, lorsque, tout solitaire,
L'on vit errer parmi les rocs neigeux
Un voyageur au regard soucieux;
Sa main portait une étrange bannière
A la devise écrite en lettres d'or :
Excelsior!

De ses yeux noirs étincelait la flamme,
Comme l'éclair jaillit du glaive nu;
Quand, tout-à-coup, un accent inconnu
Fit retentir jusqu'au fond de notre âme
Ce cri, strident comme la voix du cor :
Excelsior!

* Imitation de Longfellow.

Si l'étranger contemplait la lumière
Au doux foyer de maints couples heureux,
Hélas! plus haut les spectres sourcilleux
Des blancs glaciers troublaient son âme altière,
Et de sa bouche un soupir dit encor :
Excelsior!

« Ne passez pas, une affreuse tempête, »
Dit un vieillard, — « sur le village fond ;
Le torrent gronde, il est large et profond,
Le feu du ciel menace votre tête, ».....
Il répondit d'une voix de stentor :
Excelsior!

« Oh! reste ici, » dit une jeune fille,
« Viens reposer ta tête sur nos cœurs; »
Et ses beaux yeux laissaient couler des pleurs.
Il soupira : mais ni l'éclair qui brille
Ni ce doux vœu n'arrêtent son essor :
Excelsior!

Prends garde au pin dont tremble la branche,
Lui crie encor, comme un dernier adieu,
Un paysan, et crains de tenter Dieu;
Prends garde aussi, prends garde à l'avalanche.....
Mais une voix du ciel reprit plus fort :
Excelsior!

On dit qu'un soir, alors que la prière
En chants d'amour s'élevait vers les cieux,
Du Saint-Bernard les desservants pieux
Furent troublés au fond du sanctuaire
Par une voix criant avec effort :
Excelsior!

Au point du jour, non loin du monastère,
Un voyageur, sur la neige étendu,
De sa main froide étreignait tout tordu
Cet étendard — auguste et saint mystère, —
Où se lisait même devise encor :
Excelsior!

Il reposait, déjà glacé, sans vie,
Mais beau toujours en son calme éternel!
Lorsqu'éclata dans un chant solennel,
Accord divin, ce mot plein de magie,
Du ciel tombant comme une étoile d'or :
Excelsior!

LXXVII

UNE ROSE ÉCHAPPÉE A L'ORAGE

A MADAME LA BARONNE DE B.

Hier encor près de ma sœur
Je balançais ma jeune tête :
Du jardin nous étions l'honneur,
Notre vie était une fête.
Quand, tout-à-coup, — moment affreux! —
La foudre sillonnant les cieux,
Du sein de mille éclairs a fait jaillir la grêle,
Ne prenant point souci de notre tige frêle.
Quand j'ai levé le front l'orage était passé;
Mais, hélas! près de moi ma sœur était sans vie,
Sans parfum, sans éclat, pauvre être trépassé,
Elle dont la fraîcheur à tous faisait envie!
Vous donnez droit d'asile aux malheureux chez vous;
Madame, je le sais; accueillez ma misère.
Un mal à soulager à votre âme doit plaire,
Quand tant de gens en sont si peu jaloux.
En retour, je pourrai sur mon trône de verre
D'une fraîche et douce senteur
Embaumer votre sanctuaire :
Voilà ce qui me reste, et c'est le don du cœur!

7 juin 1849.

LXXVIII

A ÉLISA MERCŒUR

> Di natura, d'amor, de' cieli amici
> Le negligenze sue sono artifici.
>
> TASSE.

Apprends-moi, vierge aux chants mélodieux,
Apprends-moi par quel art, par quel magique empire,
Tu sais, si jeune encore, inspirer à ta lyre
Le langage des Dieux !

Jamais le jour précéda-t-il l'aurore !
Vit-on jamais le fruit avant la fleur ?
Dans le bouton qui la recèle encore,
De la rose que l'on ignore
Rien ne trahit le parfum enchanteur.

Tu n'eus pas de matin. S'élançant à la vie
Plein de grâce et d'éclat, ton précoce génie
Répandit dans tes vers et ton âme et ton cœur !
C'est ainsi qu'au printemps nous voyons une fleur,
Des larmes de la nuit en naissant arrosée,
Épancher goutte à goutte une douce rosée !

Telle qu'un beau lys incliné
Sur le bord du ruisseau qui lui rend son image,
Puisses-tu rencontrer en ton brillant passage
Un cœur comme le tien à tes jours destiné!
Et que du ciel la puissance infinie,
Sur toi laissant tomber un regard protecteur,
D'amour, de gloire et de bonheur
Compose chaque anneau de ton heureuse vie!

Va, poursuis ton chemin, cours, la palme t'attend :
Mais au laurier permets que j'attache une rose;
Cet hommage, il est vrai, sera bien peu de chose :
Heureux si ton regard lui sourit un instant!

1825

LXXIX

A UN CONDAMNÉ *

All the space of creation's domain
Could to thee not a refuge impart
From the shame and the merciless pain
Of thine outcast and desolate heart.
BERNAL.

Dors malheureux ! — quelques moments encore,
Et quand l'airain, comme un lugubre appel,
Fera dans l'air vibrer sa voix sonore,
De tes forfaits tu rendras compte au ciel !

Qu'importe à toi qu'en sa course brillante,
L'astre du jour ranime tous les cœurs,
Et qu'en tout lieu sa chaleur fécondante
De mille biens répande les douceurs ?

Qu'importe à toi si toute la nature
Semble renaître au souffle des zéphyrs ,
Si le printemps, les fleurs et la verdure
Ouvrent notre âme aux plus tendres désirs ?

* Imité de l'anglais.

Rien ne sourit à ton âme flétrie;
Ton cœur, hélas! effrayé du passé,
Voudrait en vain s'attacher à la vie :
La mort déjà t'a pris pour fiancé!

En ce moment, peut-être, un heureux songe
Trompant tes maux, par un bienfait du ciel,
A ton sommeil prête son doux mensonge
Et te reporte au foyer paternel.

Là, tout bonheur sur toi semblait descendre
Pour embellir chaque instant de tes jours;
Là, de l'honneur savait se faire entendre
La voix sévère et propice toujours;

Là, chaque soir, le baiser d'une mère
Fermait tes yeux aux douceurs du sommeil,
Et le matin elle était la première
A ton berceau pour bénir ton réveil;

Heureuse alors qu'un innocent sourire
Pouvait payer son amour maternel,
Et que ta bouche apprenait à redire
L'humble prière à l'auteur éternel!

Pleure, pleure, oui! que des larmes brûlantes
Baignent tes yeux! quel affreux changement!
Du faible enfant, plein de grâces touchantes,
Au meurtrier que l'échafaud attend!

Enfant du crime ! à ton heure dernière,
Ah ! puisse Dieu pardonner tes méfaits !
Qu'à ton cercueil la terre soit légère,
Et que ton âme au ciel repose en paix !

LXXX

A Mlle ***

Dans l'enivrant nectar de douce poésie,
  Plongeant ta lèvre à chaque instant du jour,
  Tu crois, enfant, savourer l'ambroisie !
Prends garde, hélas ! au fond de la coupe chérie
    Se cache un poison... c'est l'amour !

1844.

LXXXI

LA FILLE D'UNE ESCLAVE

Parmi les roseaux retirée,
Comme l'alligator guettant
La jeune gazelle altérée,
Du négrier la barque attend.

Lui, couché mollement à l'ombre,
Aspire du tabac l'enivrante senteur,
En contemplant la fille à la brune couleur,
Prix de ces pièces d'or dont l'éclat et le nombre
Captivent l'avide vendeur.

Celui-ci, cependant, de l'esclave tremblante,
Au riche appât qu'on lui présente
Promène encore un regard indécis.
Ah! l'esclave est bien belle,
Et sa noire prunelle
D'une vive flamme étincelle
Sous l'arc de ses sourcils!

Son sein et ses bras sont sans voile,
Et les soyeux anneaux de ses épais cheveux
N'en cachent pas les contours gracieux.
Un charmant sourire dévoile
Tout ce que peut donner son cœur
Et de tendresse et de bonheur.

Mais l'avare marchand dans ce moment oublie
A quelle passion cette enfant dut la vie;
Chez lui, la nature est sans voix,
Et l'amour seul de l'or l'emporte cette fois!

La vierge pâle et frémissante
Livre sa main au négrier,
De ce maître étranger qui vient de la payer,
Désormais l'esclave et l'amante.

LXXXII

A MADAME C. ***

QUI M'AVAIT DONNÉ UN BOUQUET DE BRUYÈRE CUEILLI DEPUIS UN AN

Quand l'hiver de son souffle a glacé la nature,
Fleurs des champs, verts bosquets ne charment plus les yeux;
Un linceul de frimas remplace la verdure,
Et notre âme attristée en accuse les cieux.
Par quel art la bruyère, aussi frêle que belle,
Échappe-t-elle donc à cette loi cruelle
Qui frappe sans pitié ses éphémères sœurs?
Il est de son destin comme de vous, Madame :
Le jour succède au jour, les ans aux ans, la flamme
De votre esprit charmant toujours brille, et les cœurs,
Comme à la simple fleur son asyle de verre,
A votre souvenir offrent leur sanctuaire.

1850.

LXXXIII

A LA VIOLETTE

De mes rochers l'ombre discrète
T'offre un abri toujours certain,
Fleur qui, dans ton humble retraite,
Te caches à nos yeux en vain.
Malgré ta pudique prudence,
Ton parfum trahit ta présence,
Et vers toi conduit notre main.
Ainsi la Vierge chaste et belle,
Qui d'un voile couvre ses traits,
Derrière la gaze rebelle
Ne peut dérober ses attraits.
Livre donc ces charmes secrets
Qu'on veut en dépit de toi-même.
De te cueillir je suis jaloux,
Pour te déposer aux genoux
De la beauté que mon cœur aime
Et qui t'a prise pour emblême.

Tout s'émeut à ton doux retour,
Des beaux jours, charmante espérance,
Et vers toi notre âme s'élance
Comme vers un nouvel amour !

LXXXIV

LE SINGE

Un jeune singe aussi malin que laid,
Imitateur des actions humaines,
De sa laideur, de ses tours recueillait,
Adroit bouffon, maintes bonnes aubaines,
Car, par ses jeux, par son air insolent
De faire rire il avait le talent.
Dans la maison où se trouvait la bête
Chacun l'aimait, chacun lui faisait fête.
Le perroquet dans un coin se taisait,
Et le chien même aux enfants déplaisait.
Tandis que lui, certain de toujours plaire,
Des visiteurs, et des plus sérieux,
Avec finesse aimait à contrefaire
Et la tournure et les tics curieux.
Mais quelquefois sa grande hardiesse
Lui rapportait plus d'un lourd horion.
Si des héros, et les plus grands, dit-on,
En ont reçu, du singe la souplesse
Lui pouvait-elle épargner cet affront?

Enfin, un jour, du grimacier le maître
Fort dégoûté, voulut aussi qu'on rît
De ce moqueur, mais aux dépens du traître,
En le montrant, à son tour, sans esprit.

Donc du rasoir rapidement il pousse
Le fin tranchant sur un cuir assoupli,
Et du savon, par l'eau chaude amolli,
Sur chaque joue il promène la mousse;
Puis, se plaçant en face d'un miroir,
Il fait sa barbe, étant certain d'avance
Que l'animal l'observait en silence.
L'œuvre accomplie, à l'écart va s'asseoir
Le maître alors, laissant les ustensiles
De toute espèce à la toilette utiles.
Le singe accourt, se couvre de savon
Et s'emparant de la lame il se tond;
Mais, l'insensé de ses mains inhabiles
Coupe sa gorge et meurt bientôt, hélas!
Le maître rit!... Du singe il était las!

Vous qui des grands partagez les ébats,
Faisant chez eux le métier déshonnête
De ce bouffon; vous, flatteurs vils et bas,
Le même sort pour vous aussi s'apprête,
Et croyez bien qu'on ne vous plaindra pas!

LXXXV

A LAURE

Jeune Laure, ta bouche, autrefois si rieuse,
Ne s'ouvre plus, hélas! qu'à de furtifs soupirs;
De tristesse ton front se voile et, soucieuse,
Inquiète, tu fuis à l'aspect des plaisirs.
Ton teint jadis si frais, déjà se décolore;
Ton regard a perdu son éclat enchanteur :
Ainsi souvent la fleur qu'un matin voit éclore,
Le soir penche son front sans parfum, sans couleur.
Dis-moi, quel mal secret de ton heureuse vie
Empoisonne le cours? — De ton cœur virginal
Qui peut troubler la paix? — Ta colombe chérie
Fuit-elle tes baisers? — De son chant matinal
Qui charmait ton réveil, la fauvette aurait-elle
Suspendu les concerts? — L'églantier que ta main
Avec soin élevait a-t-il promis en vain
Le tribut désiré d'une rose nouvelle?
Non! — Tu baisses les yeux, une vive rougeur
Vient colorer ton sein..... l'amour est dans ton cœur!

LXXXVI

LA FIN DU JOUR *

Le jour finit et déjà l'ombre
Tombe des ailes de la nuit
Comme tombe la plume sombre
De l'aigle qui s'enfuit.

Du village à travers la pluie
Je vois étinceler les feux ;
Mon âme inquiète s'ennuie ;
Je me sens malheureux !

Viens, viens, lis-moi quelque poëme
Simple, et tout humide de pleurs :
Ah ! voilà ce que mon cœur aime
Pour calmer ses douleurs.

Non d'antique et sublime maître
Ou d'un barde à la grande voix
Qu'à travers les temps font renaître
Les échos d'autrefois ;

* Imité de Longfellow.

Car en nous, hélas! ils réveillent,
Comme des chants sous les drapeaux,
Pensers de labeur qui sommeillent
  Quand j'aspire au repos.

Lis-moi donc, je te le répète,
Un doux poëme de ton choix,
Et prête au rythme du poëte
  Le charme de ta voix.

Prends quelque poëte modeste
Dont les chants coulent de son cœur,
Comme tombe l'onde céleste,
  Ou s'effeuille la fleur;

Qui sente en son âme, sans trêve,
Bruire la nuit et le jour,
Des chants suaves comme un rêve......
  Un rêve plein d'amour!

Viens remplir ma nuit de musique;
Les soucis qui brisent mes jours,
Ainsi qu'un songe fantastique
  S'enfuiront pour toujours!

1857.

LXXXVII

PORTRAIT

Elle est bonne, elle est belle, et son esprit charmant
Unit, pour enchanter, la grâce à l'enjoûment.
Près d'elle quel doux charme attire et nous arrête!
Heureux quand son regard, de son âme interprète,
Exprime en vous voyant ou bonheur ou plaisir!
Mais souvent la malice au sentiment succède!
Il faut à ce caprice aussitôt que l'on cède,
Et l'on pleure ou l'on rit au gré de son désir!

Octobre 1850.

LXXXVIII

SUR LA MORT DE CRIQUET

CHAT FAVORI DE MADEMOISELLE BERTHE BRUN

Lugete, o Veneres, Cupidinesque...
(CATULLUS.)

Pleurez, amours, pleurez, soyez en deuil!
L'aimable chat, bonheur de ma mignonne,
Ce criquet qu'elle aimait, l'enfant, plus que son œil,
Il est mort! — Plus de jeux, aux pleurs qu'on s'abandonne!
Dans son giron il trouvait un doux nid;
Recevait de sa main le lait et la pâtée,
A sa voix accourait.... mais, hélas! c'est fini!
Dans le chemin tout noir son ombre est emportée,
Triste chemin dont nul n'est revenu!
Pauvre matou, si tu vois la tristesse
Qui mouille les beaux yeux de ta jeune maîtresse,
Maudis qui vint briser cet amour ingénu!

1858.

LXXXIX

A MADEMOISELLE ÉMILIE C....

Ainsi qu'un beau ciel étoilé
Que vient assombrir un nuage,
Pourquoi ton front s'est-il voilé?
Dans ton cœur simple et pur est-il donc quelqu'orage
Que ces mille bonheurs qui naissent sous tes pas,
Pauvre âme naïve et choisie,
Ne calment et n'effacent pas?
Des fleurs des champs, des fleurs de poésie,
Et des saintes amours que le ciel ici-bas,
Ingrate, à ses élus dispense avec largesse,
Tes yeux, qu'un penser triste abaisse,
N'ont donc jamais vu les divins appas!

Aux Rochers, 28 mars 1844.

XC

A ***

Enfant, dis-moi pourquoi cet air triste et rêveur?
Même au bal où tout rit à ta douce présence,
Il est dans ton regard qui reflète ton cœur.
Livre cette jeune âme où règne l'innocence,
Il le faut, à l'espoir, aux pensers de bonheur :
Hélas! il vient trop tôt le temps de la douleur!

XCI

AU PAPILLON *

IMITÉ DE L'ITALIEN D'ANDREA MAFFEI

O la più vaga immagine
Dell anima immortale.

O toi l'image la plus belle
De l'âme, divine étincelle
De son immortel Créateur,
Qui donc de si riche couleur
Peignit la gaze de ton aile,
T'inspira le secret amour
Pour la fleur, beauté d'un seul jour?

Peut-être l'inconnu génie
Qui pour une bouche jolie
Enivre et fait battre mon cœur;
Qui, par un attrait enchanteur,
A l'aimable vertu me lie,
Et colore dans mon esprit
La pensée où le bonheur rit.

* L'on sait que le papillon est le symbole de l'âme.

Mais toi, compagnon du zéphire,
Qu'emporte un fugitif délire,
A mille roses tu ravis
Le court plaisir dont tu jouis,
Sans qu'aucune ait assez d'empire
Pour arrêter un seul instant
L'essor de ton vol inconstant.

Dans l'unique amour qui m'enflamme,
Moi, je recueille pour mon âme
Mille doux bonheurs à la fois :
A la fleur que j'aime je dois
Tous ces bonheurs, je le proclame!
La poésie est cette fleur,
Fille du Ciel, qu'aime mon cœur!

1862.

XCII

AIMÉ DE DIEU

A MADAME LA MARQUISE DE BARTHÉLÉMY

Au banquet de la vie, infortuné convive,
J'apparus un jour et je meurs :
Je meurs, et sur la tombe où lentement j'arrive,
Nul ne viendra verser des pleurs!

GILBERT.

I

Sur ce roc isolé que vient battre la mer,
Quel est donc ce jeune homme à la pâle figure,
Dont le triste regard et le sourire amer
Parlent d'une douleur sans espoir, sans mesure?

II

A peine dans la vie a-t-il fait quelque pas;
Les ronces, les cailloux parsemés sur la route
Ont-ils déjà blessé ses membres délicats
Qu'à moitié du chemin il s'arrête tout las,
L'âme découragée et l'esprit plein de doute?

III

Non, s'il souffre et gémit, si des pleurs douloureux
Ont creusé leur sillon sur son jeune visage,
N'allez pas accuser le sentier rocailleux
Où ses pieds ont heurté quelque buisson sauvage;
Non, non, il ne sait pas quelles illusions
Peuvent bercer la vie et leur trompeur mirage,
L'amour intéressé, le vénal mariage,
L'amitié mensongère et ses déceptions,
Tardive expérience inconnue à son âge!

IV

Mais la cruelle mort — il le sent — l'a marqué,
Et, prochaine victime, il va quitter la vie,
La vie où tous les biens à son cœur ont manqué,
Sans qu'il ait pu mouiller dans une heure bénie
Sa lèvre à cette coupe, objet de son envie,
Où tant d'élus, croit-il, viennent boire à longs traits
L'ivresse d'un bonheur grandi par ses regrets!

V

Sèche tes pleurs, enfant! — Si le ciel te rappelle,
Ah! c'est qu'il t'aime! il veut t'arracher aux douleurs
De notre triste monde où saignent tant de cœurs.
Soumets-toi, Dieu t'attend. Sans plainte ouvre ton aile!

Décembre 1859.

XCIII

LA SAISON DU POËTE

Toute fleur a besoin pour briser sa prison
D'un rayon du soleil, d'un baiser du zéphire,
Et l'oiseau pour chanter veut la tiède saison
Où tout semble renaître et pour aimer respire.

A la fleur, à l'oiseau le poëte est pareil;
Le printemps de la vie inspire son réveil,
Et sa jeune âme alors chante le doux poëme
D'amour et de bonheur : il est heureux, il aime!

Dès que son front blanchit sous la neige des ans,
Il est muet, hélas! sa voix n'a plus de chants,
Son cœur n'a plus d'amour et n'a plus de mystère :
Quand on cesse d'aimer, l'on cesse aussi de plaire!

1862.

XCIV

FORGET ME NOT

A MADAME H. B.

Forget me not
Est un charmant emblême,
Forget me not
C'est le doux souvenir qu'on aime;
Mais à qui sont connus vos talents, votre esprit,
Et tous ces dons du cœur, votre plus sûr empire,
Assemblage parfait dont le charme séduit;
Ah! ce n'est pas à lui qu'il est besoin de dire :
Forget me not!

1846.

XCV

A ***

Lorsque Sapho touchait les cordes de sa lyre,
Ou quand sa voix aux accents enchanteurs
En vers charmants peignait l'amour et son délire,
Le malheureux oubliait ses douleurs!
Ta voix, comme la sienne, a de purs chants pour l'âme
Et le clavier s'anime sous tes mains,
A tes puissants accords le cœur ravi s'enflamme
Et le ciel s'ouvre à tes concerts divins!

Mai 1842.

XCVI

A MADEMOISELLE MARGUERITE ***

Il est un nom bien doux, un nom charmant de femme,
Plus d'un front couronné noblement l'a porté;
Une sainte martyre, à Dieu livrant son âme,
Fit ce nom immortel cher à la piété;
C'est celui de la fleur de rayons habillée,
Oracle qu'en secret interroge l'amant,
Dont la blanche corolle, en jouant effeuillée,
Attriste ou réjouit tout jeune cœur aimant :
C'est l'humble marguerite. — O vous qu'au saint baptême
Le prêtre consacra sous ce nom que l'on aime,
Vous dont le regard dit si bien la pureté
Et l'aimable franchise avec la dignité;
Ame toute candide, esprit que l'on devine
Dans ce joli sourire à la grâce divine,
Sœur de la marguerite, heureux cent fois serait
Le mortel confident de l'intime secret
Gardé dans votre cœur, qui pourrait vous entendre
Lui dire, en rougissant, de votre voix si tendre :
« — Oui ! je vous aime *un peu*, — je vous aime *beaucoup !* »
Malheureux s'il n'entend que ces mots : « *point du tout !* »

Septembre 1869.

XCVII

A MADEMOISELLE CLARA LOVEDAY

Lorsque tes doigts sur le clavier sonore
Font retentir de magiques accents,
Ou quand ta voix se plie aux airs touchants
  Des maîtres que le monde honore,
L'on ne sait pas ce que l'on doit encore
Plus admirer de ces divins talents :
L'art de tes mains ou l'âme de tes chants !

Mai 1842.

XCVIII

A MA SŒUR

La naïve candeur se peint dans tes beaux yeux;
On connaît ton esprit dans ton joli sourire,
Un charme secret rend tous tes pas gracieux,
Il anime ton chant, il est dans tes cheveux,
S'attache tout à toi; mais faut-il te le dire,
Enfant! si tu le vois, il cesse son empire.

1841.

XCIX

PAGE D'ALBUM

A MADAME FÉLICIE.....

Sur cette blanche feuille est-il permis de dire
Ce que pense la tête et ce que le cœur sent?
Vous vous taisez, c'est bien : qui ne dit mot consent.
Ne baissez pas les yeux, je suis heureux d'y lire
Votre consentement; mais d'un minois charmant
Si je vante l'attrait, si d'un esprit piquant
Qu'en vous l'on reconnaît, j'admire la finesse,
Il ne faut pas rougir, ma jeune enchanteresse,
Car, pour moi, je préfère à ce charme éclatant
Le charme bien plus doux de votre cœur aimant!

1862.

C

VINGT-ET-UN ANS

A MADEMOISELLE M. J***

Vingt ans plus un ! combien vous êtes vieille !
Et cependant, oh ! la grande merveille !
Vous possédez de belles et blanches dents
  Comme on en a dans son printemps.
Des cheveux noirs couronnent votre tête,
Votre visage est frais et gracieux.
Vieillir ainsi, ma foi, c'est une fête,
Et du vieux temps qui jamais ne s'arrête
    C'est un trait merveilleux !

CI

AIMER

FRAGMENT

Aimer, c'est doubler notre vie,
C'est la parer de brillantes couleurs,
Dont l'aspect sans cesse varie!
Heureux, cent fois heureux deux cœurs
Qu'unit une même pensée,
Que fait battre toujours la même émotion;
Leur douce et seule ambition
A se plaire est tout empressée.
En vain pour eux marche le temps :
Ils ne comptent que deux instants
Dans leur ravissante existence :
L'absence et la présence!

1842.

LETTRE D'UN MOBILE BRETON A SA MÈRE

PAR MONSIEUR FRANÇOIS COPPÉE *

Maman, et toi, vieux père, et toi, ma sœur mignonne,
Ce soir, en attendant que le couvre-feu sonne,
Je mets la plume en main pour vous dire comment
Je pense tous les jours à tous bien tendrement;
Très-tristement aussi, malgré toute espérance,
Car bien qu'ayant juré de mourir pour la France,
Et certain que je suis d'accomplir mon devoir,
Je ne puis pas songer au pays sans revoir
La maison, le buffet et ses vaisselles peintes,
La table, le poiré qui mousse dans les pintes.
. . . .
Et papa qui, pensant que je manque au souper,
Fait sa croix sur le pain avant de le couper;
Laissons cela. D'ailleurs, je reviendrai peut-être;
— Donc, nous sommes campés sous le fort de Bicêtre,
Avec Monsieur le Comte et tous ceux de chez nous;
Je vous écris ceci mon sac sur les genoux,

* Voir la réponse de la mère, p. 156.

Sous la tente, et le vent fait trembler la chandelle.
Bicêtre est une sombre et forte citadelle,
Où des Bretons marins, — de rudes compagnons! —
Dorment dans le caban, auprès de leurs canons,
Tout comme sur un brick, à l'ancre dans la rade.
Aussi j'ai trouvé là plus d'un bon camarade
Parti depuis longtemps entre le ciel et l'eau,
Car Saint-Servan n'est pas bien loin de Saint-Malo,
Et nous avons vidé quelquefois un plein verre.
Mon bataillon était de la dernière affaire,
A preuve que Noël, le cadet du sonneur,
Comme on dit à Paris, est mort au champ d'honneur.
Il avait un éclat de bombe dans la cuisse :
Il saignait, il criait. Je ne crois pas qu'on puisse
Voir cela sans horreur, et chacun étouffait;
Mais nos vieux officiers prétendent qu'on s'y fait.
On nous a portés tous à l'ordre de l'armée.
Moi j'ai tiré des coups de feu dans la fumée,
Et j'ai marché toujours en avant sans rien voir.
Enfin on a sonné la retraite, et, le soir,
Un vieux, au képi d'or, qui tordait sa barbiche,
Et qui de compliments paraît être assez chiche,
Nous a dit : « Nom de nom, mes enfants, ça c'est bien! »
Et quoiqu'il blasphémât, c'est vrai, comme un payen,
Et qu'il lançât sur nous un regard diabolique,
Nous avons tous crié : Vive la République!

— Ce mot là, c'est toujours du Français, n'est-ce pas? —
Quelques-uns d'entre nous se plaignent bien tout bas,
Et sont, avec raison, mécontents qu'on ricane
De notre vieil abbé qui trousse sa soutane,
Marche à côté de nous, droit en avant du feu,
Et parle à nos blessés du pays et de Dieu;
Mais aux mauvais railleurs nous faisons la promesse
De bien montrer comment on meurt après la messe.
— Nous avons traversé Paris : il m'a fait peur;
Puis, nous l'avons trouvé dans la grande stupeur,
Sombre et lisant tout haut les journaux dans les rues.
Huit jours, les habitants logèrent les recrues;
Nous étions, Pierre et moi, chez des bourgeois cossus,
Où nous fûmes assez honnêtement reçus.
Pourtant, j'étais d'abord chez eux mal à mon aise,
Et je restais assis sur le bord de ma chaise,
Confus de l'embarras où nous les avions mis;
Mais leurs petits enfants devinrent nos amis;
Ils riaient avec nous, jouaient avec nos armes,
Et couvraient, les démons! de leurs joyeux vacarmes,
Le bruit que nous faisions avec nos gros souliers.
Bref, nous sommes partis bien réconciliés,
Et les jours de congé nous leur faisons visite.....
— Allons! il faut finir cette lettre au plus vite,
Car le clairon au loin jette ses sons cuivrés :
Je ne sais pas encor si vous la recevrez,

Mais je suis bien content d'avoir suivi l'école.
Grâce au savoir qu'on raille au pays agricole,
Me voilà caporal avec un beau galon,
Et puis je vous écris ces mots par le ballon!
Maintenant, au revoir, chers parents, je l'espère;
Si je ne reviens pas, ô ma mère et mon père,
Songez que votre fils est mort en défenseur
De notre pauvre France. Et toi, mignonne sœur,
Quand tu rencontreras Yvonne à la fontaine,
Dis-lui bien que je l'aime, et qu'elle soit certaine
Que dans ce grand Paris, effrayant et moqueur,
Je suis toujours le sien, et lui garde mon cœur.
Baise ses cheveux blonds, fais-lui la confidence
Que j'ai peur du grand gars qui lui parle à la danse;
Dis-lui qu'elle soit calme, et garde le logis,
Et que je ne veux pas trouver ses yeux rougis.
— Adieu! voici pour vous ma tendresse suprême,
Et je signe en pleurant... Votre enfant qui vous aime!

Paris, 1870.

CII

RÉPONSE D'UNE MÈRE A SON FILS

MOBILE BRETON A PARIS *

Cher enfant, j'ai reçu ta lettre par ballon,
Te dire mon bonheur serait beaucoup trop long.
Toi qui connais mon cœur, tu comprends bien ma joie;
J'ai rendu grâce au ciel, c'est lui qui me l'envoie.

Tu te portes très-bien, tu nous aimes toujours,
C'est notre seul bonheur pendant ces tristes jours!
Mais quand te rendra-t-on à mes vives tendresses?
Quand pourrai-je jouir de tes bonnes caresses?
Le matin et le soir nous prions Dieu pour toi;
Il te conservera, nous en avons la foi.

Chaque jour ton couvert est placé sur la table;
Rien qu'en l'apercevant un soupir lamentable
De ton père et de moi s'échappe malgré nous.
Mais tu fais ton devoir, et ce penser est doux.
Sois toujours bon chrétien, ris de ces vains blasphèmes
Des stupides railleurs qui n'estiment qu'eux-mêmes.

* Cette lettre répondait à la missive charmante d'un mobile Breton à sa mère, par le poëte François Coppée, pendant le siége de Paris. (Voir page 152.)

Ta sœur, toujours mignonne, a soin de nos vieux ans;
Elle t'aime et te fait ses tendres compliments.

Yvonne pense à toi, te garde sa tendresse;
Elle sera, c'est sûr, fidèle à sa promesse.
Elle pleure en pensant à son cher fiancé,
Sans que de ton retour son espoir ait cessé.
Notre curé demande à tous de tes nouvelles,
Ainsi que les voisins, pour nous amis fidèles.
Nos vergers ont donné des pommes à foison;
Le cidre dans les fûts fermente à gros bouillon.
Turco, notre vieux chien, te recherche sans cesse.
Jusqu'à la chèvre, tout, sans toi, semble en détresse.

Si tu vois les enfants qui t'ont si bien reçu,
Dis-leur, pour moi, merci! que pour eux j'ai conçu
Une bonne amitié qu'en mon âme je garde,
Et que de les connaître à mon désir il tarde.

Ma plume va toujours, mais il faut m'arrêter;
En t'écrivant, je crois avec toi jaboter.
Je finis, cher enfant, comme tu fais toi-même,
En t'embrassant de cœur aussi fort que je t'aime.

Décembre 1870.

CIII

LA VAGUE

Comme une louve poursuivie,
Où donc vas-tu, vague assouvie
Par l'impur limon de tes bords?
— Je suis la vague de la vie,
Fuyant la lutte et ses efforts
Contre l'étroit courant du monde,
Et dans l'immensité des mers
Je cours laver la vase immonde
Des rives de ces temps pervers!

CIV

LA PERVENCHE

Simple fleur la pervenche
Aime les bois silencieux,
Et de sa corolle qui penche
A baigner l'azur gracieux
Dans l'onde du ruisseau qui réfléchit les cieux.
Ainsi la vierge humble et naïve,
Qu'agite un penser de bonheur,
Tout à la fois riante, inquiète et pensive,
Va cacher loin du monde et son trouble et son cœur.

1832

CV

LE SONGE DU NÈGRE *

Sur le sable brûlant un esclave étendu
Demandait au sommeil l'oubli de sa misère,
L'oubli du châtiment sans cesse suspendu,
Et du rude labeur, son lot sur cette terre :

Il rêvait qu'au pays il était de retour,
Au pays, cher berceau de son heureuse enfance.
Dans ses bras son enfant livrait avec amour
Son sourire aux baisers qu'avait taris l'absence.

Sa Nelly près de lui contemplait à genoux
Ce tableau si touchant et pleurait de tendresse;
Un seul mot, un regard à son cœur étaient doux :
C'était sa bonne part de joie et de caresse !

Puis montant sa cavale aux longs crins tressés d'or,
Le nègre poursuivait sur les rives du fleuve
Le Flamant empourpré dont il hâtait l'essor,
Ou-bien chassait le lion du brave digne épreuve.

* Imitation de Longfellow, poëte américain.

Mais son âme s'émut d'une noble fierté,
Quand des vastes forêts mille bouches puissantes
Poussèrent à l'envi le cri de liberté,
Redit par les échos aux voix retentissantes !

Et ce cri fut si fort que, malgré son sommeil,
Son corps en tressaillit, et qu'un sourire étrange
Sur sa bouche courut, comme si le réveil
L'arrachait à ce songe, envoi de son bon ange !

Hélas ! il ne sent plus le fouet du commandeur,
Ni du soleil ardent la dévorante flamme.
La mort avait guéri les tourments de son cœur
Et brisé tous ses fers en déliant son âme !

CVI

GASPARD BÉCERA *

A son foyer rêvait l'artiste ;
De sa honte secrète il accusait le sort,
Et l'on voyait sur son front triste
Que, trahi par la gloire, il invoquait la mort.

De la Vierge c'était l'image
Que le sculpteur voulait tirer d'un bloc de bois
Apporté d'un lointain rivage.
Son art était, hélas ! impuissant cette fois !

L'idéale beauté, sans cesse
Présente à sa pensée, échappe à son ciseau.
Le jour et la nuit son adresse
Lutte en vain et ne peut reproduire le beau !

Trompé dans ses efforts, le maître
Demandait au sommeil l'oubli du désespoir
Qui s'est emparé de son être
Depuis que son génie a perdu son pouvoir !

* Imité de Longfellow.

Tout-à-coup, une voix lui crie :
Debout! — à ton foyer prend ce chêne enflammé,
Formes-en l'image chérie
Toute faite déjà dans ton esprit charmé!

Le maître en sursaut se réveille;
Il éteint aussitôt l'étincelant charbon,
Se met à l'œuvre et s'émerveille
De voir que son travail devienne enfin si bon.

O toi, sculpteur, peintre ou poëte,
Grave cette leçon dans le fond de ton cœur :
Près de toi la matière est prête;
Que ton souffle l'anime, et ton art est vainqueur!

CVII

L'AVEU

ROMANCE

Non, je ne t'aime pas! cependant ton absence
  Me laisse triste, et je me dis tout bas :
  On n'est heureux qu'en sa douce présence!...
Mais je ne t'aime pas, non, je ne t'aime pas!

De ton esprit j'admire, il est vrai, la finesse;
  Je trouve en toi bonté, douceur, appas,
  A rendre fou d'amour et de tendresse...
Mais je ne t'aime pas, non, je ne t'aime pas!

Un seul regard de toi me pénètre et me touche,
  Je te devine au seul bruit de tes pas,
  Au pur soupir exhalé de ta bouche!...
Mais je ne t'aime pas, non, je ne t'aime pas!

1840.

CVIII

CE QUE J'AIME

A ***

J'aime la fleur qui va s'épanouir,
L'herbe nouvelle et le naissant feuillage,
Le papillon, image du plaisir,
Les chants d'amour des oiseaux du bocage;

J'aime à rêver lorsque le jour s'enfuit
Près d'un ruisseau qui doucement murmure,
J'aime l'étoile, annonce de la nuit,
Dont les rayons consolent la nature;

J'aime du lac le cristal azuré,
J'aime au vallon les chants d'une bergère.
Le mont neigeux par le soleil doré,
L'écho du soir et la brise légère;

D'un jeune enfant j'aime la douce voix,
Les cheveux blancs d'un front octogénaire,
J'aime le vent qui siffle dans les bois,
Le roc battu par les flots en colère;

Mais le seul vrai bonheur pour moi,
La pensée où mon cœur s'oublie;
Ce que j'aime plus que la vie,
C'est toi, toujours toi, rien que toi!

1831

CIX

LE BON ANGE

ROMANCE

—

Lorsque pour la première fois
J'aperçus son regard si tendre,
Lorsque vibra sa douce voix
Qu'il me semble toujours entendre,
Dans mon cœur charmé je sentis
De trouble et de joie un mélange,
Dont tous mes sens furent surpris.
Ah! dis-moi pourquoi, mon bon ange!

Hélas! depuis ce moment-là
Mon âme en est toute oppressée;
Lui toujours, toujours lui, voilà,
Ah! voilà ma seule pensée!
Dès que l'on prononce son nom
Mon visage de couleur change,
Mon regard s'anime, dit-on.....
Je n'y comprends rien, mon bon ange!

Je veux le voir s'il est absent;
Est-il là, je crains sa présence.
S'il parle, qu'il est éloquent!
S'il se tait, j'entends son silence.
J'y songe aussitôt mon réveil;
Même, par un mystère étrange,
Je le revois dans mon sommeil.....
Ah! protége-moi, mon bon ange!

CX

PROLOGUE DE LA VIEILLE COUSINE *

REPRÉSENTÉE DANS LE SALON DE MADAME C. DE C***

Si trop petite, hélas! je ne puis prendre un rôle
Dans la pièce qu'on va bientôt représenter,
Je ne renonce point à prendre la parole :
Mesdames et Messieurs, daignez donc m'écouter.
Tout d'abord permettez que de votre indulgence
J'invoque la faveur pour nos jeunes acteurs;
Ils veulent à vous plaire employer leur science...
Quoi! vous vous récriez! oh! j'en conviens d'avance
C'est peu — mais — les lutins! ils comptent sur vos cœurs.
Déjà ne vois-je pas qu'une larme étincelle
Dans plus d'un œil ému! — Si vous êtes touchés,
De mes acteurs chéris, la cause est sûre et belle,
Leurs succès sont certains, — sans les avoir cherchés.
Dailleurs — vous l'avouerez — la troupe est bien choisie.
La mère noble aurait des défauts cependant;
Elle est beaucoup trop jeune et surtout trop jolie.

* L'une des amies des jeunes et gracieuses interprètes de cette petite pièce n'ayant pu y paraître, ce prologue a été écrit pour elle.

Mais que d'esprit, de cœur ! — Dans la fille aisément
On trouve de la mère un portrait tout charmant.
Notre première actrice, élève de son père,
C'est tout dire, je pense, est un brillant sujet.
Sous sa bosse d'emprunt, vous verrez, je l'espère,
Une grâce piquante, un abandon parfait.
Notre jeune première, à la mine éveillée,
Pour vous charmer, Messieurs, montre plus d'un talent
Si l'ingénue a l'air d'être peu réveillée,
Il faut lui pardonner, — elle sort du couvent.
La soubrette, en cornette ou sous l'habit d'un homme,
Saura vous amuser. — Allons, je crois qu'en somme
Il ne vous faudra pas des efforts surhumains
    Pour applaudir de vos deux mains !

1854

CXI

LA MARGUERITE

CHANSONNETTE

Aux feuilles d'une marguerite
Qu'aux doux zéphyrs sa main livrait,
Un jour la gentille Brigitte
D'Edmond demandait le secret.
Il t'aime *un peu*, dit la première,
Et cet oracle la charma,
Mais cependant notre bergère
Cette fois ne s'en tint pas là.

A la blanche fleur qu'elle effeuille,
Ses doigts touchent en hésitant;
Edmond, dit-elle à chaque feuille,
M'aime-t-il bien sincèrement?
Beaucoup! répondit l'une d'elles;
Passionnément! succéda :
A cet oracle bien des belles
Auraient voulu s'en tenir là!

Cependant à la marguerite
Une feuille seule restait;
Et, toute tremblante, Brigitte
Entendit ainsi son arrêt :
Point du tout! — C'était la dernière,
Et zéphyr l'oracle emporta.
Que je te plains, pauvre bergère,
Il faut, hélas! s'en tenir là!

CXII

CHANT D'ADIEUX A FERNEX-VOLTAIRE

A MADAME LA COMTESSE CH. DE B.

Adieu, riant séjour, qu'un immortel génie
Embellit de ses dons, pendant que l'univers
S'éclairait en lisant et sa prose et ses vers.
Adieu Fernex! adieu solitude chérie!

Vous qu'aimaient mon cœur et mes yeux,
Aspects enchantés, frais ombrage,
Chantres ailés au doux ramage,
Joyeux habitants du bocage,
Et vous, maîtres de ces beaux lieux,
Recevez, hélas! mes adieux!

Mont géant, couronné de neiges éternelles,
Glaciers, fleuves naissants, beau lac aux flots d'azur,
Dont le brillant cristal réfléchit un ciel pur;
Merveilles qui toujours étiez pour moi nouvelles;

Vous qu'aimaient mon cœur et mes yeux,
Aspects enchantés, frais ombrage,
Chantres ailés au doux ramage,
Joyeux habitants du bocage,
Et vous, maîtres de ces beaux lieux,
Recevez, hélas! mes adieux!

A mon cœur attristé compatit la nature;
Le ciel n'a plus d'azur, les oiseaux sont sans voix,
Les fleurs sont sans parfum et déjà même aux bois
Le souffle de l'automne arrache leur parure!....
Vous qu'aimaient mon cœur et mes yeux,
Aspects enchantés, frais ombrage,
Chantres ailés au doux ramage,
Joyeux habitants du bocage,
Et vous, maîtres de ces beaux lieux,
Recevez, hélas! mes adieux!

1830.

CXIII

L'ESCLAVE

J'étais jeune, sensible et belle,
La candeur brillait dans mes yeux,
Ma bouche au sourire fidèle
Trahissait des pensers heureux.
L'avenir offrait à ma vue
Des jours doucement écoulés,
Des amours chastes et voilés.....
Hélas! pour un peu d'or ma mère m'a vendue!

La muse éveillait en mon âme,
Comme un écho venu du ciel,
Des chants plus purs que le ciname
Et plus suaves que le miel :
Ah! si Dieu m'avait entendue!
Je ne voulais pour tout bonheur
Qu'aimer, chanter selon mon cœur.....
Hélas! pour un peu d'or ma mère m'a vendue!

Ainsi que l'humble sensitive
Au plus faible toucher frémit,
Mon âme timide et naïve,
Pour un rien s'émeut et gémit :
Ah! si cette âme est méconnue
Par le maître qu'il faut subir,
L'esclave n'a plus qu'à mourir.....
Hélas! pour un peu d'or ma mère m'a vendue!

1837.

CXIV

SÉRÉNADE

Etoiles de la nuit nouvelle,
Voilez votre lumière d'or,
Voilez, voilez la bien, car celle,
Celle que mon cœur aime dort,
Elle dort!

Et toi, lune, au front pur et pâle,
Amortis tes rayons encor,
Cache ta lumière d'opale,
Celle que mon cœur aime dort,
Elle dort!

Brise du soir, ferme ton aile,
Songes charmants, à mon trésor
Dites que son ami fidèle
Veillera pendant qu'elle dort...
Elle dort!

Mais taisons-nous, faisons silence,
Que son cœur en battant plus fort
Lui révèle seul ma présence;
Ne la troublons pas, elle dort,
Elle dort!

CXV

LES FACTEURS DES POSTES

Tout à l'honneur, tout au devoir!

I

Soldats d'Égypte et de Crimée,
De la France braves enfants,
Dont la vieille Europe alarmée
A vu les drapeaux triomphants;

Et vous dont le noble front plie
Sous le poids de nouveaux lauriers,
Vainqueurs d'Afrique et d'Italie,
Partout indomptables guerriers,

Devant vos hauts faits je m'incline;
Mais la plus humble des vertus
Doit à l'honneur son origine,
Et mérite aussi mes saluts!

A vous donc, à vous mon hommage,
Milice de la paix, Facteurs!
Vous avez droit qu'on encourage
Vos obscurs mais féconds labeurs!

II

Ni du fusil, ni de l'épée
Mes héros ne portent le poids;
Leur âme n'est pas occupée
De gloire, de combats, d'exploits..

Que dis-je? ils ont à la patrie
Déjà donné leurs plus beaux ans,
Montrant sous la buffleterie
Le courage des cœurs vaillants;

Plus d'un même, à la boutonnière,
Porte le ruban rouge ou bleu,
Noble souvenir militaire,
Prix du sang versé sous le feu!

Eh! de quelle ferme énergie
L'honnête Facteur est rempli
Pour le devoir qu'on lui confie,
Grand devoir si bien accompli!

Son aspect dans chaque village
Fait toujours battre plus d'un cœur
Que renferme donc son bagage,
Est-ce la peine ou le bonheur?

Si l'on pénétrait les mystères
Confiés au sac du Facteur,
Sous leurs enveloppes légères,
Ils feraient pâlir le lecteur !

Et quel étrange pêle-mêle !
Riche héritage inattendu,
Misère profonde et cruelle,
Procès gagné, procès perdu ;

Billets d'amour, lettres d'affaire.
Missives de chaque pays,
Journal de mode ou littéraire,
Et pamphlets de tous les partis ;

Puis l'infâme lettre anonyme,
Portant son trait empoisonné,
Sûre d'atteindre sa victime
Sans que l'auteur soit deviné ! —

III

Accompagnons dans sa tournée
Notre leste et fidèle agent ;
Il part, l'heure est déjà sonnée,
Suivons-le d'un pas diligent.

Jeune et timide fiancée
Sur le seuil du logis attend,
Et sous sa paupière baissée
Cèle un espoir, rougit. — Pourtant

Que de larmes vont se répandre!
Car le messager a passé
Sans s'arrêter, hélas! sans tendre
La missive du fiancé!

IV

D'où viennent ces cris d'allégresse?
Le Facteur est partout fêté,
Chacun et l'entoure et le presse;
Quel bonheur a-t-il apporté?

Du timbre postal d'Algérie
Un bien simple billet frappé,
Mais tracé d'une main chérie
Cause un plaisir anticipé.

C'est d'un fils, c'est d'un tendre frère
Annonçant son retour prochain,
Quelle joie à la vieille mère!
Son pauvre cœur en est tout plein!

V

Pourquoi donc cette noire ligne
Courant autour du pli fermé,
Qu'au portier le Facteur consigne
A regret, d'un air alarmé?

Hélas ! messager de la joie,
Il l'est aussi de la douleur!
Un aveugle destin l'envoie
Briser ou réjouir le cœur!

Comme la boîte de Pandore,
Si son sac peut cacher le mal,
L'espérance au fond reste encore
Jusqu'au jour heureux ou fatal.

VI

Que la neige couvre la terre,
Que le soleil darde ses feux,
Que le ciel lance son tonnerre
Ou verse ses flots orageux,

Comme le Juif de la légende,
Rien ne peut arrêter ses pas;
Non, il ne faut pas qu'on l'attende,
Ou qu'au but il n'arrive pas!

VII

Loyal et sûr dépositaire
De la fortune et du secret
Des petits, des grands de la terre,
Comme son sac il est discret.

De bien près j'ai vu sa misère;
Jamais, écoutant de la faim
La voix, mauvaise conseillère,
Un dépôt ne tenta sa main!

ENVOI

A ton serment reste fidèle,
Facteur; je veux toujours te voir
Comme la devise si belle :
« Tout à l'honneur, tout au devoir! »

Typ Oberthur et fils, à Rennes

POESIES INTIMES

www.ingramcontent.com/pod-product-compliance
Ingram Content Group UK Ltd.
Pitfield, Milton Keynes, MK11 3LW, UK
UKHW031844260826
14628UKWH00002B/565

9 782013 343787